Bianka Minte-König

Liebe ... total verrückt

Thienemann

Sturzflug ins Glück?

»Aber, aber ich begreife das nicht ...« Tinkas Augenlider flatterten hinter ihrer großen, unvorteilhaften Brille, was anzeigte, dass sie total von der Rolle war. So hochbegabt sie war, so lebensuntauglich erwies sie sich in Liebesdingen. »Wie, wie kann ein Junge wie Thomas ein so gut aussehendes Mädchen wie dich einfach stehen lassen, um mit mir zu tanzen?«

»Weil du möglicherweise eher sein Typ bist als eine katzenäugige Rothaarige mit Powerlocken, die auch noch die reinste Chaosmieze ist!«, antwortete ich. »Vermutlich hat er ja geahnt, was passieren würde, und hat mich deswegen, ähm, stehen gelassen.«

Stehen lassen war wirklich nicht ganz der treffende Ausdruck, denn soweit ich mich an die Szene erinnerte, hatte es mich dabei glatt aus den Tretern gehoben – und leider nicht nur mich!

Lise, unsere Freundin mit dem strahlenden Pferdegebiss, sah das wohl genauso, denn sie stieß ein wieherndes Lachen aus. »Wenn du auf die Parkettschwalbe anspielst, die du mit Daniel hingelegt hast, dann ist das aber eine sehr milde Umschreibung, Leo«, sagte sie und mir schoss das Blut in die Wangen.

Leo, das war ich. Eigentlich hieß ich Leonie, aber so

nannte mich so gut wie keiner. Und der Vorfall, auf den Lise da anspielte, war typisch für mich. Voll peinlich und ausgerechnet in der ersten Tanzstunde in der Aula der Jungenschule! Wirklich, ich sollte vielleicht meine Auftritte in der Öffentlichkeit völlig einstellen, an einem Fernlernkurs teilnehmen, und erst nachdem ich sittlich gereift war und das Abi in der Tasche hatte, wieder auf meine Umwelt losgehen. So wie das jetzt war, ging es einfach nicht weiter: Pleiten, Pannen, Pubertät!

Gut, nicht bei jedem Mädchen äußerte sich die hormonelle Umstellung im Körper so extrem wie bei mir. Manche bekamen nur Pickel, wohingegen ich jede Menge krasse Einfälle kriegte. Und nach den Reaktionen meiner Mitmenschen zu urteilen, waren denen ein paar Pickel allemal lieber als Leonies wilder Aktionismus!

Andererseits hatte ich manchmal ja auch nur Pech. Hätte Thomas mich mit etwas weniger Schwung Daniel in die Arme »geworfen«, hätten wir nicht das Gleichgewicht verloren. Und dann hätten wir auch nicht erst den Marktkorb meiner Großmutter und danach die Hälfte der tanzenden Pärchen zu Fall gebracht, weil denen Äpfel, Orangen und Kohlrabi unversehens vor die Füße gekullert waren. Selbst Profitänzer hätten da die Hufe gestreckt und Tanzanfänger in ihrer ersten Kursstunde hatten nicht die geringste Chance, diesen rollenden Hindernisparcours elegant zu umtanzen. Blieb also nur, möglichst stylish zu Boden zu gehen!

Liebes Lieschen, war das ein Chaos! Und wer war schuld an diesem Desaster? Mal wieder ich. Leonie, das Powergirl mit dem Übermaß an freien Radikalen. Mit solcher unkontrollierbaren Energie war ich offenbar bis zur Sättigung angereichert. Na fein! Dann war es ja auch kein Wunder, dass in mir so allerlei tobte, was mich von einer Katastrophe in die nächste katapultierte.

Nun stand ich mit einigen meiner Opfer im Waschraum neben der Aula und versuchte, genau wie diese, mein etwas angeschlagenes Äußeres wieder einigermaßen zu restaurieren, was relativ gut gelang. Mit meinem verwilderten Innenleben würde das wohl nicht so rasch gehen!

Komisch, es soll ja auch Menschen geben, die sich in der Pubertät in stille Melancholie zurückziehen, Gedichte schreiben und Popstars anhimmeln. Warum nur musste gerade ich den Drang entwickeln, meine Umwelt nicht nur mit kreativen Einfällen zuzuschütten, sondern, hm, gelegentlich auch noch mit den Markteinkäufen für meine Oma. Na, Schwamm drüber, ließ sich nun ja nicht mehr ändern.

Etwas Gutes hatte die Sache trotzdem gehabt: Ich war in Daniels Armen gelandet und Tinka in denen von Thomas. Und was mich betraf, den Daniel – da konnte die Welt aber sicher sein! – würde ich so schnell nicht wieder loslassen!

»Und? Findest du Thomas gut?«, wollte ich von Tinka wissen, denn ich hielt die beiden für eine Superkombi. »Er ist doch total sympathisch und ich finde, er würde klasse zu dir passen!«

Tinka schüttelte nur den Kopf. Wieder flatterten ihre Augenlider und sie wurde so rot, dass man nicht mal mehr ihre Sommersprossen sah. »Meinst du, der will echt was von mir? Das war nicht nur, weil ...«

Was es möglicherweise nicht nur war, sagte sie dann nicht mehr. Aber ich merkte auch so, dass es ihr einerseits wohl ausgesprochen unangenehm war, überhaupt mit einem Jungen in einen engeren, wenn auch nur gedanklichen Zusammenhang gebracht zu werden. Andererseits fühlte sie sich auch total geschmeichelt, denn Thomas sah wirklich gut aus und es gab einige Mädchen, die sich für ihn die Kleider vom Leib reißen würden. Mal bildlich gesprochen. Schade, dass sie so ein ausgesprochener Kopfmensch war! Jetzt überlegte sie bestimmt hin und her, statt sich einfach mal von ihren Emotionen treiben zu lassen. Und dabei hätte ich mich so gefreut, wenn es zwischen ihr und Thomas gefunkt hätte! Dann bräuchte ich nämlich kein schlechtes Gewissen mehr zu haben, dass ich ihm zugunsten von Daniel einen Korb – nein, nicht den Obstkorb meiner Oma – gegeben hatte.

Doch da hatte ich mich wohl zu früh gefreut. Tinka war halt kein Mädchen, das sich im Sturm erobern ließ. Na ja, wobei der eine Tanz, den Thomas mit ihr getanzt hatte, ja auch nicht gerade als stürmisch bezeichnet werden konnte: *links, links, Wechselschritt und eins und zwei und drei und Drehung …*

Es war im Übrigen nicht einfach gewesen, Tinka als notorische Männerfeindin, die sie war, überhaupt zur Teilnahme an dem Tanzkurs unseres Schulclubs zu bewegen. Sie war durch mehrere Brüder vorgeschädigt und pflegte die wildesten Vorurteile, was das männliche Geschlecht im Allgemeinen und die Jungs von der Max-Planck-Schule im Besonderen anging. Da war nämlich ihr Vater Hausmeister und musste sich ständig mit den

Auswüchsen der Kasernierung pubertierender Knaben in einer reinen Jungenschule herumplagen: mit dreckigen Sprüchen in sauberen Klos, Kloppereien auf dem Schulhof, Bierdosen und Kippen in den Blumenbeeten und, und, und! Da Tinkas Familie eine direkt an die Schule angrenzende Hausmeisterwohnung bewohnte, musste sie sich jeden Tag, wenn sie aus der Annen-Schule kam, an den aufdringlich glotzenden Typen vorbeiquetschen, denen schon beim bloßen Anblick eines Mädchens der Sabber aus den Mundwinkeln tropfte. So als geballte Masse waren diese Hormonsklaven wirklich manchmal ganz schön nervig!

Ein wenig konnte ich daher ihre Zurückhaltung Jungs gegenüber verstehen, aber musste es denn in eine Vermeidungstaktik ausarten? Ich meine, ich rannte ja auch nicht gleich schreiend in die Berge, wenn ich eine Mathelehrerin sah, obwohl ich dazu wirklich allen Grund hätte. Nein, ich teilte Tinkas Art, ihren Problemen mit Jungs einfach aus dem Weg zu gehen, ganz und gar nicht. Wäre ich nämlich wie sie veranlagt, dann hätte ich bereits am ersten Tag der Annen-Schule den Rücken gekehrt.

Was war ich fertig gewesen mit den Nerven, als meine Mutter mich, unterstützt von meiner Oma, in deren Haus wir seit Kurzem wohnten, nahezu gezwungen hatte, diese Mädchenschule zu besuchen! Horror! Mit Händen und Füßen hatte ich mich gewehrt, denn natürlich steckte ich voller Vorurteile und natürlich trauerte ich meinen Kumpels nach, die das Leben an meiner alten Schule so abwechslungsreich machten. Besonders Macho-Kalle, diesem süßen, hormongebeutelten Schwachkopf mit seinen krausen Gedanken und saudummen, aber so erheiternden Sprüchen! Selbst jetzt musste ich bei dem Gedanken an meine alten Freunde noch bedauernd seufzen. Aber, wie ich ja schon sagte, ich hatte im Gegensatz zu Tinka nicht nur meine Vorurteile gepflegt, sondern die Dinge auch in die Hand genommen und gleich ein wenig zurechtgerückt. Das ging ja nun gar nicht, dass die Mädchenschule zur benachbarten Jungenschule gar keine Kontakte hatte. Das war doch wirklich die reinste Vergeudung! Hunderte von beziehungsfähigen Jungs und kein Weg, der zu ihnen führte! Stattdessen eine hohe Mauer zwischen den Schulhöfen! Finsterstes Mittelalter. Da musste wirklich schleunigst was passieren, und das tat es auch. Erst wurde Lise meine Freundin, dann gründeten wir mit Jenny, Miri und Tinka den *Club der wilden Rosen* und dann … Aber das ist eine andere, ganz schön peinliche Geschichte*.

Lise wieherte in meine Gedanken hinein. »Damit eins mal klar ist, Leo, ich gehe nie mehr vor dem Tanzkurs mit dir zum Markt, selbst wenn uns deine Oma noch so sehr bittet. So ein Einkaufskorb ist ja lebensgefährlich!« Sie deutete auf ihr Knie, das tatsächlich ziemlich dick angeschwollen war. »Für heute kann ich die Tanzstunde knicken.«

Ich nahm einen Stapel Papiertücher aus dem Handtuchspender, machte ihn nass und reichte ihn an Lise weiter. »Da, versuch es mal mit Kühlung. Tut mir echt leid, aber Thomas hat mich so abrupt losgelassen, da bin ich total aus dem Gleichgewicht gekommen.« Ich schiel-

* Nachzulesen in Band 1: *Liebe … ganz schön peinlich!*

te grinsend zu Tinka hin. »Ich wusste gar nicht, dass der so scharf auf dich ist, dass er allein bei deinem Anblick jedes andere Mädchen fallen lässt, Tinka!«

Gewieher von Lise und zustimmendes Gelächter von Miri und Jenny, den anderen beiden *Wilden Rosen*, die ebenfalls dabei waren, ihr durch den Massensturz etwas in Unordnung geratenes Äußeres wieder aufzupolieren.

»Du willst mich nur veräppeln!«, rief Tinka und zog das schicke T-Shirt glatt, das ich ihr mal aus Dankbarkeit für ihre Unterstützung in einer kritischen schulischen Situation geschenkt hatte. Uups, da traten ja plötzlich erstaunlich weibliche Körperformen an ihr hervor! Meist schlappte sie immer mit nach vorne hängenden Schultern durch die Gegend, sodass man kaum merkte, was für ein gar nicht mal schlecht entwickeltes Mädchen sie war. Sie schämte sich doch nicht etwa wegen diesem tollen Busen?

»Veräppeln ist gut«, fand Lise gleich wieder den Witz in Tinkas Bemerkung. Und mit einem Blick zu mir sagte sie: »Schon ganz schön cool von deinem Daniel, auch noch in den Apfel zu beißen, der ihn zu Boden geworfen hat.«

Ich grinste. »Tja, womit mal wieder bewiesen wäre, dass kein Adam einem Apfel widerstehen kann, egal ob er ihm von einer Eva elegant gereicht oder wie in diesem Fall vor die Füße gepfeffert wird.«

Nun musste auch Tinka lachen und gemeinsam zogen wir zurück in die Aula, wo inzwischen schon der Tanzkurs fortgesetzt wurde.

Als ich in die Halle trat, schwofte gerade Oberzicke und Lehrereinschleimerin Doreen, unsere gemeinsame

Lieblingsfeindin, in den Armen von Blondie, dem Nudelchecker, vorbei. Sie warf mir sofort einen giftigen Blick zu und eine bissige Bemerkung gleich hinterher. »Komm ja nicht in meine Nähe! Du bist ja gemeingefährlich«, zischte sie und zu Blondie sagte sie so laut, dass es der halbe Saal hören musste: »Kann man diese chaotische Irre nicht von diesem Kurs ausschließen?«

»Wohl kaum«, gab ihr Daniel, der am Halleneingang stand, sogleich raus. »Immerhin habt ihr dieser chaotischen Irren ja den Tanzkurs überhaupt zu verdanken. Ohne sie hätten wir nicht mal den Schulclub!«

Und klar, er hatte ja recht, zusammen mit meinen Freundinnen hatte ich den *Girls&Boys-Club* ins Leben gerufen, damit die Schüler der Jungs- und der Mädchenschule endlich gemeinsam was unternehmen konnten. Trotzdem war es mir ein wenig peinlich, dass er so offensichtlich für mich Partei ergriff. Was sollten die anderen jetzt denken?

»Das muss dir doch nicht peinlich sein«, konnte Lise mich gar nicht verstehen. »Freu dich doch, dass dein Typ sich so offen zu dir bekennt.«

Hm, stimmte eigentlich. Das war nach diesem, ähm, Unfall, wirklich sehr nett von ihm. Manch anderer Junge wäre bestimmt ganz schnell auf Distanz gegangen. »Und du meinst nicht, er ist ein wenig … äh … voreingenommen?«, fragte ich Lise. »Weil er in mich … äh … verknallt ist. Ich, hm, bin doch wirklich eine ziemliche Chaosqueen, oder?«

Daniel hatte meine letzten Worte mitbekommen, und als er mich nun in seine Arme zog, um weiterzutanzen, flüsterte er mir ins Ohr: »Ja, du bist eine Chaosqueen, *meine* Chaosqueen! Und ich kann damit leben! Sehr gut sogar.«

»Na fein«, sagte ich und schob ihn sachte von meinen Füßen. »Dann lass uns zuerst mal versuchen diese Tanzstunde zu überleben.«

»Pardon«, meinte er und latschte mir grinsend erneut auf den Fuß.

Nach dem Tanzkurs gab es vor der Jungenschule dann lange, genussvolle Abschiedsszenen, denn es hatten sich so einige Pärchen gefunden. Auch ich konnte mich fast gar nicht von Daniel losreißen. Ihm ging es nicht anders und er versprach, sich später noch mal zu melden. »Leider habe ich morgen in der ersten Stunde eine megaschwere Physikarbeit«, meinte er bedauernd, »aber ich möchte unbedingt noch etwas mit dir zusammen unternehmen. Jetzt, wo wir uns endlich gefunden haben!«

Das war total lieb von ihm und so schlug ich vor: »Lass uns doch am Abend wenigstens etwas am Rhein spazieren gehen. Die Uferpromenade ist direkt hinter unserem Haus und sehr romantisch.«

Damit war er sogleich einverstanden. Aber kaum war er aufs Fahrrad gestiegen, begann es total zu stürmen und zu regnen. Hm, dachte ich traurig, das wird ja dann wohl nichts werden mit dem romantischen Spaziergang.

Ich stieg mit Lise, die wie ich an der Rheinallee wohnte, in den Bus. Während der Fahrt nach Hause war Tinka noch mal das Thema, und zwar deswegen, weil Thomas, ganz Kavalier der alten Schule, grins, sie unbedingt noch nach Hause bringen wollte. Wir kicherten albern, denn da Tinka quasi im Max-Planck-Gymnasium wohnte, war das ja mehr als überflüssig, was sie ihm dann auch in ihrer manchmal etwas sehr schroffen Art gesagt hatte. Daraufhin hatte er sauer reagiert und sie ziemlich pampig angemault: »Na, dann geh doch alleine, aber glaub nicht, dass ich dir das Angebot noch mal mache.«

Ohne ein weiteres Wort war Tinka dann durch den Schulflur weggerannt und er hatte sich zornig alleine zu Fuß auf den Heimweg gemacht. Selbst Lise und ich konnten ihn nicht dazu bewegen, doch lieber mit uns den Bus zu nehmen, da es ja in Strömen regnete. So was von Dickkopf! Tja, dann musste er eben nass werden.

»Tinka ist aber auch mal ungeschickt«, meinte Lise und starrte aus dem Busfenster, an dem der Regen in breiten Bächen herunterlief.

Ich merkte ihr das Mitleid mit ihrem Bruder, der nun durch dieses Unwetter nach Hause rennen musste, deutlich an. »Na ja«, sagte ich aber dennoch, um Tinka ein wenig in Schutz zu nehmen, »wo sie doch praktisch in der Schule wohnt. Da hat Thomas echt nicht überlegt. Vielleicht hätte er sie lieber noch auf ein Eis einladen sollen. Obwohl, bei dem Wetter …«

Und bei mir dachte ich, dass Tinka sicherlich Gründe für ihr Verhalten hatte. Vermutlich hatte sie Schiss vor ihren Eltern gehabt und wollte von denen nicht mit einem Jungen gesehen werden. Und was den frustrierten Aufbruch von Thomas betraf, hatte der vielleicht gar nicht wirklich was mit Tinkas Abfuhr zu tun. Womöglich hatte er die nur als willkommenen Anlass genommen, um seine Enttäuschung darüber abzureagieren, dass ich seine Liebe verschmäht hatte und jetzt tatsächlich mit Daniel zusammen war. Unser Abschiedsgeknutsche war ja nicht zu übersehen gewesen und war ihm garantiert bitter aufgestoßen.

Ich seufzte bei dem Gedanken. »Er muss sicherlich auch noch ein paar andere Dinge verarbeiten, da tut so ein Gewaltmarsch im Regen manchmal ganz gut. Wäscht einem den Kopf schnell wieder klar!« Und mit einem forschenden Blick zu Lise fragte ich: »Meinst du, er ist jetzt doch sauer auf mich?«

Lise sah mich offen an und ehrlich, wie sie war, sagte sie: »Nun ja, jede Abfuhr tut natürlich weh und es kann gut sein, dass ihm jetzt erst richtig bewusst geworden ist, dass er dich verloren hat. So wie du mit Daniel rumgeknutscht hast! Das hat ihm bestimmt wehgetan.«

Ich spürte, dass es auch ihr wehtat, ihren Bruder an Liebeskummer leiden zu sehen, und so legte ich ihr meine Hand auf das immer noch geschwollene Knie und flüsterte leise: »Lise, es tut mir wirklich sehr, sehr leid. Thomas ist ein so toller Junge und ich, ich hätte es auch ganz toll gefunden, wenn wir ein Paar geworden wären, auch weil du meine beste Freundin bist. Aber es ... Ach, Himmel, die Liebe, die fällt halt wie ein Apfel vom Baum und rollt dann irgendwo hin. Das, das kann man gar nicht steuern ... und schließlich hat doch Daniel meinen Apfel an den Kopf gekriegt und nicht Thomas ... Er hat doch auch ein bisschen gemogelt ... und ... das Schicksal lässt sich eben auf Dauer nicht betrügen ...«

Lise unterbrach mich. »Leo, du brauchst dich wirklich nicht zu entschuldigen. Liebe ist oder ist nicht, fertig. Er hat halt Pech, dass er sich in dich verliebt hat und du dich nicht in ihn. Das kann jedem passieren und damit muss man dann irgendwie fertig werden. Er wird seinen Liebeskummer schon überwinden …«

Mein Tatendrang brach wieder durch. »Wir, wir könnten ihm doch ein wenig helfen«, sagte ich und hatte auch schon eine meiner genialen Ideen.

Lise sah mich misstrauisch an. Zwar waren wir noch nicht lange Freundinnen, aber sie kannte mich gut genug, um die untrüglichen Anzeichen eines wilden Aktionismus bei mir sofort wahrzunehmen, und das ließ sie natürlich auf der Hut sein. »Und wie? Wie glaubst du Thomas helfen zu können?«, fragte sie aber dennoch.

»Na ja, was hilft denn am besten gegen Liebeskummer?«

Sie zuckte die Achseln. »Keine Ahnung, hatte ich ja noch nicht.«

»Denk mal nach!«, empfahl ich. Als sie jedoch nur den Kopf schüttelte, platzte ich heraus: »Na, was denn wohl – eine *neue* Liebe!« Und ohne Rücksicht auf die übrigen Fahrgäste im Bus begann ich leise einen von Mamas alten Schlagern zu singen: »Eine neue Liebe ist wie ein neues Leben … dadadidadadam …«

»Ist ja gut«, unterbrach mich Lise gleich, weil ich uns mal wieder peinlich machte. »Und, äh, wer sollte das deiner Meinung nach sein, diese neue Liebe? Ich sehe keinen auch nur annähernd passenden Ersatz für dich.«

»Na, Tinka natürlich!«, sprudelte es sofort aus mir heraus.

»Tinka? Ausgerechnet!«

Hm, das klang nicht sehr überzeugt und auch nicht sehr begeistert.

»Aber klar doch! Tinka ist absolut cool und ehrlich gesagt fand ich es eine geniale Fügung des Schicksals, dass Thomas gerade sie bei Daniel abgeklatscht hat ...«

Lise schwieg.

»Nicht?«

Lise schwieg immer noch.

»Findest du nicht, dass sie zusammenpassen könnten? Thomas wollte sie immerhin nach Hause bringen ...«

»Das wird ein Joke gewesen sein. Schließlich wusste er doch, dass sie in der Schule wohnt. Es war bestimmt nur ein Scherz und sie hat ihn noch nicht mal kapiert – hochbegabt, aber manchmal total humorlos!«

»Und darum ist er so sauer, dass er alleine durch den Regen nach Hause läuft?« Das wollte mir nicht einleuchten.

»Tinka ist ein ziemlich schwieriges Mädchen«, sagte Lise, ohne auf meine Worte einzugehen. Es war offensichtlich, dass sie sich für ihren Bruder eine etwas einfachere Freundin wünschte. »Ich weiß nicht, ob er mit ihr klarkommen würde. Sie, sie ist sehr eigen und ... ähm ... ja ... ich bezweifle, dass sie sein Typ ist.«

Aha, nun war es raus und ich war doch ein wenig erstaunt, weil ich eigentlich gedacht hatte, dass Lise Tinka gegenüber etwas solidarischer sein würde, immerhin war sie ja auch eine *Wilde Rose*. Aber, nun gut, Blut ist dicker als Wasser und Familienbande sind eben fester geknüpft. Außerdem kannte sie ihren Bruder ja auch sehr viel besser als ich. »Also keine Chance?«, fragte ich dennoch sicherheitshalber noch einmal nach.

Lise stand auf, weil wir unsere Haltestelle erreicht hatten, und meinte, bevor wir uns in den Regen hinausstürzten: »Keine Ahnung, in der Liebe sollte man niemals nie sagen!«

»Stimmt!«, rief ich erleichtert aus. Das war wieder meine optimistische Lise, wie ich sie kannte. »Los, wer zuerst bei mir ist!«

Wir rannten los und natürlich erreichte Lise mit ihren riesigen Schritten trotz des demolierten Knies und des Marktkorbs meiner Oma, den sie am Arm hängen hatte, als Erste unseren Gartenzaun.

»Willst du mit reinkommen?«

Sie schüttelte den Kopf, dass das Wasser aus den nassen Haaren spritzte. »Nee, lass mal, muss noch ein bisschen Englisch machen. Schönen Gruß an deine Oma, aber sag ihr, dass wir in Zukunft vorm Tanzkurs nicht mehr auf den Markt gehen.«

Ich nahm den Korb von ihr entgegen und nickte lachend. »Danke, mache ich!«

Und als ich triefend ins Haus trat, dachte ich an den armen Thomas und nahm mir vor, seinen Liebeskummer so schnell wie möglich zu beenden. Das wollen wir doch mal sehen, ob Tinka nicht doch zu ihm passte.

Peppi, mein jüngerer Bruder, war schon zu Hause, was unschwer zu erkennen war, weil mir schon auf dem Treppenabsatz überlaute Mucke von *Tokio Hotel* entgegendröhnte. Also steckte ich kurz den Kopf in sein Zimmer und sagte ermahnend: »Mach jetzt mal etwas leiser, ich muss noch Aufgaben machen.«

Er murrte zwar, aber als ich in meinem Mansardenzimmer angekommen war, hatte er seine Anlage auf zivile Lautstärke runtergeregelt. Ich schlüpfte in bequemere Klamotten und hockte mich dann an meinen Schreibtisch, der schräg vor dem Balkonfenster stand und von dem aus man normalerweise einen schönen Blick auf den Rhein hatte. Normalerweise! Jetzt konnte man kaum durch die Scheiben sehen, an die der Regen unaufhörlich prasselte.

Wie gemein das doch war! Mit Daniel spazieren zu gehen fiel ja wohl ins Wasser. Sollte ich ihn in mein Zimmer einladen? Hm, davon abgesehen, dass es überhaupt nicht aufgeräumt war, wäre das vielleicht doch etwas verfrüht. Klar, wir waren total ineinander verliebt und nach den ersten Küssen heute fand ich auch, dass die Chemie zwischen uns ganz prima stimmte. Schmetterlinge im Bauch gab's gratis dazu. Aber dennoch, einen Jungen sofort auf meine Butze zu holen, das war mir irgendwie nicht recht. Und ihm sicher auch nicht. Also jedenfalls, wenn er eine gute Kinderstube hatte. Äh, die hatte er doch hoffentlich! Mir wurde brühheiß bewusst, dass ich eigentlich gar nicht so viel über ihn wusste.

Klar, er war Klassensprecher der 8L, sah süß aus, hatte viel Selbstbewusstsein, eine nette Art, jede Menge Humor, war außerdem auch noch romantisch und schrieb supersüße E-Mails … Aber sonst? Okay, er küsste auch noch megagut, und das alles reichte ja eigentlich vollkommen aus, um sich in einen Jungen zu verlieben. Und was den Rest betraf, würde ich ihn ja im Laufe unserer Beziehung noch sehr viel genauer kennenlernen.

Unserer Beziehung! Nein, wie klang das cool! Ich, Leonie Pibusch, dreizehn Jahre alt und auf eine Mädchenschule verbannt, hatte eine Beziehung!!! Mega!

Ich begann an meinem Bleistift zu knabbern. Aber was machte ich denn mit meinem Typ, wenn der Spaziergang am Rhein heute Abend ausfiel? Es war unser erstes Date und deshalb musste es etwas ganz Besonderes werden. Da setzte ich mich schon ein wenig unter Erfolgsdruck. Los, los, kreativer Einfall, wo bist du?

Erfreulicherweise hatte sich auch Daniel ein paar Gedanken gemacht, und als ich gerade total verzweifeln wollte, trudelte auf meinem Handy eine SMS ein.

Hallo, Chaosqueen, würde dir gerne einen trockenen, aber königlichen Abend bereiten. Willst du dich überraschen lassen?

Nein, wie süß!

Aber klar!, simste ich zurück. *Wo treffen wir uns?*

Wie wäre es an der Alten Post in der City?

Okay! Freue mich total!, lautete meine Antwort.

Als ich mich dann später fertig machte, fiel mir ein, dass die Alte Post von uns aus mit dem Bus ziemlich schlecht zu erreichen war. Hm, ob Mama mich mal schnell fahren konnte? Ich ging runter, um sie zu fragen, doch Peppi sagte mir, dass sie angerufen hätte, weil sie noch ein Interview in der Redaktion machen müsste und später kommen würde. Das war aber mal blöd!

Ich schaute auf die Uhr und stellte fest, dass allmählich Intercity-Express angesagt war. Mittlerweile hatte der Platzregen etwas nachgelassen und war in einen feinen Nieselregen übergegangen. Und wenn ich das Fahrrad nahm?

Ich rannte noch einmal rauf zu mir, um mir eine Regenjacke zu holen. Besser etwas feucht, als zu spät zu kommen, dachte ich, steckte Handy, Geldbörse und Fahrradschlüssel ein und raste in den Keller.

Da stand es, das gute Stück: mein Fahrrad, das ich zum dreizehnten Geburtstag von meinem Vater bekommen und fast noch nie benutzt hatte. War irgendwie so eine Art Abschiedsgeschenk geworden, denn ein paar Wochen später war er bei uns aus- und bei seiner Neuen eingezogen. Deshalb mochte ich das Ding gar nicht gern benutzen. Aber heute war es die einzige Möglichkeit, doch noch pünktlich in die City zu kommen, und weil Daniel ja auch viel Fahrrad fuhr, war es vielleicht gar nicht mal schlecht, es aus der Versenkung zu holen. War doch eine schöne Aussicht, mit ihm zusammen in Zukunft richtig coole Radtouren zu machen!

Ich schloss die Kette auf und schob das Rad in den Hof. Der Regen hatte weiter nachgelassen und so schwang ich mich tatendurstig und erwartungsfroh auf den Sattel und radelte los. Ich war ja megagespannt, was Daniel sich für eine Überraschung ausgedacht hatte.

In der Innenstadt herrschte allerdings ziemlich viel Feierabendverkehr und ich musste mich sehr konzentrieren, weil ich einerseits wegen mangelnder Fahrpraxis in dichtem Straßenverkehr ein wenig aus der Übung war und mich andererseits in der Stadt auch noch nicht so richtig gut auskannte. Zwar war ich schon mal in der Gegend gewesen, wo sich die Alte Post befand, aber es war doch etwas anderes, von Mama mit dem Auto hinkutschiert zu werden, als selbst mit dem Fahrrad den Weg zu finden. Und auch das altmodische Kopfsteinpflaster mit den Straßenbahnschienen war nicht so wirklich angenehm zu befahren.

So war ich schon ein wenig nervös und trat leicht hektisch in die Pedale, als ich endlich nach einer scharfen Rechtskurve am Ende der Straße die Alte Post erkannte. Super, da hatte ich es ja tatsächlich noch rechtzeitig geschafft! Nur noch einmal links auf die andere Straßenseite abbiegen, dann konnte ich Daniel wieder in die Arme schließen. Ob er schon da war? Ich hob den Kopf und richtete den Blick auf die gegenüberliegende Alte Post. Ja, da stand er bereits mit seinem Fahrrad am Fuße der protzigen Treppe, die zum Haupteingang führte.

Ich hob einen Arm und winkte ihm lachend zu. Im selben Moment spürte ich, wie mein Vorderrad von einem Kopfsteinpflasterbuckel abrutschte und in eine der Straßenbahnschienen glitt. Wer das noch nicht erlebt hat, wird es sich kaum vorstellen können, aber es war tatsächlich so, als hätte sich mir eine riesige Faust entgegengestreckt, um mir einen K.-o.-Schlag zu verpassen. So ähnlich hatte sich vielleicht bei der Fußball-WM Materazzi nach Zidanes Kopfstoß gefühlt. Ich spürte also einen heftigen Ruck, der vom Lenker aus durch meinen ganzen Oberkörper fuhr, merkte, wie das Hinterteil des Fahrrades ausbrach und sich irgendwie quer zum Vorderrad stellte, und dann flog ich auch schon über die Lenkergabel mit einem unplanmäßigen Salto auf die Straße.

Ich weiß nicht, ob ich geschrien habe, jedenfalls landete ich irgendwie auf Händen und Knien, und das tat schweinisch weh! Ehe ich noch meine aufgeschürften Gliedmaßen begutachten konnte, riss mich plötzlich jemand an der Schulter nach hinten und schleifte mich einige Meter über das Pflaster. Ich wollte gerade protestieren, als ich einen saugenden Luftzug verspürte und völlig perplex wahrnahm, wie eine Straßenbahn mit ohrenbetäubendem Bremsenquietschen knapp an meinen Füßen vorbeizischte. Und das Schrecklichste war, dass sie mein schönes, fast neues Fahrrad wie eine Schrottpresse vor sich herschob!

»NEIN!!!«

Diesmal hing mein Schrei gellend in der Luft und übertönte sogar die Brems- und Schleifgeräusche der Straßenbahn.

Zwei Arme umfingen mich und jemand zog mich an seine Brust. »Besser das Fahrrad als du«, sagte eine vertraute Stimme.

Ich sah auf, konnte aber aus tränenerfüllten Augen kaum erkennen, wer da neben mir auf dem Straßenpflaster hockte. »Daniel?«

»Ich bin bei dir, Leo, ich bin ja bei dir.« Er strich mir über die feuchten Haare und meinte tröstend mit fester Stimme: »Es ist alles gut!«

Es war tatsächlich Daniel! Ich schloss für einen Moment die Augen. Erst jetzt begriff ich, in was für einer Gefahr ich geschwebt hatte. Hätte er mich nicht sofort geistesgegenwärtig von den Gleisen gezerrt, wäre jetzt nicht nur mein Fahrrad schrottreif!

Mein Herz schlug mir schmerzhaft, heftig und unrhythmisch bis zum Hals und ich war unfähig auch nur einen klaren Gedanken zu fassen. Lediglich eine Erkenntnis kreiste in einer Endlosschleife durch mein Gehirn: Er hat mir das Leben gerettet! Daniel hat mir das Leben gerettet!

Martinshörner rissen mich schließlich aus meinem Schockzustand. Ich blickte auf und sah, dass Daniel, mich fest in seinen Armen haltend, neben mir auf der Straße kniete. Um uns herum standen zahllose Passanten und nun drängten sich zwei Sanitäter durch die Neugierigen. Sie forderten mich dazu auf, mich auf ihre Trage zu legen, damit sie mich untersuchen konnten, aber ich wollte nicht. Ich wollte in Daniels Armen bleiben. Jetzt und immer, denn nur da schien mir die Welt sicher zu sein.

Daniel redete mir gut zu, stand schließlich auf und führte mich zu den Sanitätern. Kaum hatten die festgestellt, dass ich nur ein paar, allerdings behandlungsbedürftige Hautabschürfungen an Händen und Knien abbekommen hatte, tauchte auch die Polizei auf. Jetzt kriegte ich einen gehörigen Bammel. Daniel jedoch war total cool.

Als einer der Polizisten nach dem Unfallhergang fragte, verteidigte er mich sofort: »Sie konnte nichts dafür! Dieses Kopfsteinpflaster war durch den Regen einfach zu glatt. Ich habe genau gesehen, wie ihr Vorderrad abgerutscht ist und in der Straßenbahnschiene stecken blieb. Meine Freundin trifft wirklich keine Schuld. Eher die Stadt, die ihre Wegesicherungspflicht ernster nehmen sollte.«

Mein Herz machte einen freudigen Hüpfer. Hatte Daniel eben wirklich meine Freundin gesagt? Wie süß das klang, selbst in dieser Horrorsituation!

Der Polizist nickte verständnisvoll, schrieb aber dennoch meine Personalien auf.

Ich starrte auf mein demoliertes Fahrrad und die verbeulte Vorderseite der Straßenbahn. O Gott, wenn ich für den Schaden geradestehen musste, würde meine Familie in Zukunft am Hungertuch nagen und von der Annen-Schule würde ich auch abgehen müssen! Denn wovon sollten wir dann das Schulgeld bezahlen?

Vielleicht waren das ja alles nur unbegründete Ängste, aber allein die schreckliche Vorstellung war zu viel für mich. Ich stammelte noch: »Da-Da-Daniel …«, dann wurde mir schwarz vor Augen.

Als ich wieder aufwachte, lag ich in einem sauberen, weiß bezogenen Bett und meine Mutter saß auf einem Stuhl daneben.

»Mama!«, rief ich überglücklich, setzte mich auf und ließ mich von ihr in die Arme nehmen.

»Meine Kleine«, sagte sie nur. »Meine arme Kleine.« Und das wohl mehrere Dutzend Mal. Als ich gerade anfing zu glauben, sie hätte einen Papagei gefrühstückt, fand sie dann doch noch ein paar andere Vokabeln in ihrem Gehirn. »Nicht auszudenken«, meinte sie, »wenn dieser Junge nicht gewesen wäre!«

»Welcher Junge?«

»Na, dieser Junge, der dich gerade noch rechtzeitig vor der Straßenbahn von den Schienen gezogen hat. Sehr mutig und umsichtig.«

Ich strahlte meine Mutter trotz meiner brennenden Knie und Handflächen an. Was für ein wunderbarer Moment, um es ihr mitzuteilen!, dachte ich. »Dieser Junge«, sagte ich glücklich, »heißt Daniel und er ist mein Freund.«

Küssen verboten?

Ich musste die Nacht über zur Beobachtung im Krankenhaus bleiben, aber am nächsten Morgen konnte meine Mutter mich, bereits bevor sie in die Redaktion fuhr, wieder nach Hause holen.

Schule fiel an diesem Tag allerdings für mich flach, was jedoch zu verschmerzen war, denn alle meine Freundinnen und auch Daniel schickten mir sofort zahlreiche SMS. Darin wünschten sie mir gute Besserung und kündigten ihren Besuch für den Nachmittag an.

Da mir der Schock und der Kummer über den Verlust meines Fahrrades doch noch gehörig in den Knochen saß, war ich ganz froh, die Augen noch einmal zumachen und im Schlaf das schreckliche Erlebnis wenigstens zeitweilig vergessen zu können.

Als Oma mir gegen Mittag einen Teller von ihrer genialen Fleischbrühe brachte, war ich schon wieder einigermaßen frisch und sprach sie beim Essen auf die möglichen katastrophalen Folgen dieses Unfalls an. »Meinst du, wir müssen den Schaden an der Straßenbahn bezahlen?«, fragte ich unsicher und zerknirscht. Wenn das nun meine Familie in den Ruin stürzte, war ich schuld daran.

Oma schüttelte den Kopf. »Nein, nein«, antwortete

sie, »da mach dir mal keine Gedanken. Deine Eltern haben für jedes von euch Kindern eine Haftpflichtversicherung abgeschlossen. Die wird notfalls die Kosten übernehmen. Außerdem muss erst einmal geprüft werden, ob der Straßenbahnfahrer vorausschauend genug gefahren ist oder ob die Stadt nicht eine Mitschuld trägt, weil sie dieses glitschige Kopfsteinpflaster verlegt hat, obwohl es in dieser Straße keinen Radweg gibt. Ich bin da auch schon manchmal mit meinem Rad ins Schleudern geraten.« Sie schüttelte verständnislos den Kopf. »Rücksichtslos ist so etwas! Und dann haben sie diese Basaltsteine auch noch extra aus Vietnam kommen lassen. So eine Geldverschwendung! Der Baudezernent gehört aus der Stadt gejagt.«

Nun musste ich sogar ein bisschen lächeln. Einmal weil mir vor Erleichterung ein Stein vom Herzen gefallen war und zum anderen weil Oma mal wieder den grauen Panther raushängen ließ. Voll die Omapower! Bis morgen hatte sie bestimmt eine Demo mit ihrer Altenpartei vorm Rathaus organisiert. Ich sah schon das Transparent vor mir: *Weg mit dem Kopfsteinpflaster und dem Baudezernenten!* Kicher, in der Zeitung würde sicherlich *Kopfsteinpflaster lässt Köpfe rollen!* stehen.

Und wer hatte die Lawine mal wieder ins Rollen gebracht? – Chaos-Leonie natürlich!

Oma lachte, als ich ihr erzählte, was mir da gerade durch den Kopf gegangen war. Dann stand sie eilig auf. »Du hast recht, Leonie! Das schreit in der Tat nach einer Aktion!«

Holla! Nun wusste ich endlich, von wem ich meinen wilden Aktionismus geerbt hatte!

Lise wirkte völlig fertig, als sie mir eine Megaschachtel meiner Lieblingspralinen in den Schoß legte. In die Hände wollte ich sie lieber nicht nehmen, denn die waren noch in dicken Verbänden und taten höllisch weh.

»Wie kannst du uns so einen Schrecken einjagen!«, sagte Lise. Sie hatte es sich nicht nehmen lassen, sofort nach der Schule bei mir reinzuschauen, und war froh mich einigermaßen heile an Körper und Geist vorzufinden.

Nach ihr kam Daniel und mein unaufgeräumtes Zimmer war mir nicht mal peinlich. Irgendwie fiel ihm die Unordnung auch gar nicht auf, denn er schien nur Augen für mich zu haben. Ich hätte ihn am liebsten überhaupt nicht wieder weggelassen und meine Oma auch nicht. Sie konnte ihn gar nicht genug loben und schleppte so viel selbst gebackenen Kuchen, Limo und Kakao an, dass es mir schon fast unangenehm wurde.

Daniel hingegen schien das alles ziemlich cool zu finden. Jedenfalls meinte er beim Abschied: »Deine Oma ist echt krass. Wenn die morgen wirklich diese Demo macht, gehe ich da auch hin.«

»Na, dann plan schon mal Zeit ein. Wie ich sie kenne, organisiert sie das wirklich.«

Er streichelte liebevoll meine Wange.

»Schade«, jammerte ich, »mein Fahrrad kann ich abschreiben, dafür hatten wir keine Versicherung. Dabei hätte ich so gerne mit dir ein paar coole Touren gemacht.« Ich seufzte traurig. »Und unser erstes Date ist auch ins Wasser gefallen. Jetzt weiß ich nicht mal, was du dir für eine Überraschung ausgedacht hattest. Verrätst du es mir?«

Er überlegte einen Moment, dann schüttelte er den Kopf. »Nein, ich finde es viel schöner, wenn wir es nachholen, sobald du wieder fit bist. Ist das okay für dich?«

Obwohl ich total neugierig war, nickte ich. »Klar, ist es und … äh … ich freu mich drauf.«

Wir küssten uns noch einmal lange und innig.

»Du, ich, ich weiß gar nicht, wie, wie ich dir jemals danken soll …«, stammelte ich schließlich.

»Du musst mir nicht danken«, sagte er bescheiden. »Es war mir ein Vergnügen. Oder sagen wir, es war einfach ein Reflex!«

Super, dachte ich, als er leise die Tür hinter sich zuzog. Jungs mit solchen Reflexen braucht das Land!

Eigentlich war ich für die ganze Woche krankgeschrieben, aber nach zwei Tagen hielt ich es einfach nicht mehr ohne Schule und meine Freundinnen aus. Ich wickelte die etwas übertriebenen Verbände ab und stellte fest, dass sich bereits eine Schorfkruste auf meinen Blessuren gebildet hatte.

»Gute Heilhaut«, meinte Oma, die mir dabei behilflich war. Sie sprühte noch mal Wunddesinfektionsmittel drauf. »Lass jetzt lieber Luft ran.«

Natürlich brannte mir auch die Sache mit Thomas und Tinka unter den Nägeln, denn ich wollte unbedingt, dass aus den beiden ein Paar wurde. Was ich mir mal in den Kopf gesetzt hatte, das wollte ich auch durchboxen. Da war ich stur wie ein Schaufelbagger! Allerdings waren mir inzwischen auch ein paar Zweifel gekommen: Sie, hochbegabt und ein ausgesprochener Kopfmensch, der wenig Wert auf Äußerlichkeiten wie Kleidung und

Styling legte, und er, ein sportlicher Draufgänger, stets in angesagten Klamotten, gutherzig und humorvoll, aber nicht unbedingt ein geistiger Überflieger. – Hm, ob das zusammenpasste?

Aber wie hieß es doch so schön in Volkes Plappermaul: Gegensätze ziehen sich an!

Das fand Tinka offenbar nicht. Zu meiner Verwunderung schien sie überhaupt nicht mehr zu Thomas passen zu *wollen*. Als ich sie am nächsten Schultag in der großen Pause auf Thomas ansprach, flatterten ihre Augenlider hinter den Brillengläsern heftiger denn je und sie sagte total schroff: »Lass mich doch mit diesen albernen Jungengeschichten in Ruhe, ich habe wirklich anderes im Kopf.«

Ich wollte sie gerade fragen, was denn, da drehte sie sich um und ging ohne ein weiteres Wort weg. Miri, Jenny, Lise und ich starrten erst ihr hinterher und dann uns fragend an.

»Was geht denn mit der ab?«, wunderte sich Jenny. »Ich dachte, sie hätte was mit Thomas am Laufen!«

»Wohl eher nicht«, meinte Miri.

Und Lise wieherte leise, aber bestimmt: »Ich sag's doch, ein schwieriges Mädchen!«

Miri flüsterte mir mit gedämpfter Stimme zu: »Ich glaube eher, Tinka findet Thomas total gut und fühlt sich geschmeichelt, dass er dich stehen gelassen hat, um sie abzuklatschen. Sie ist natürlich überrumpelt und traut ihrem Glück nicht.«

Ich schaute Lise triumphierend an. Na bitte!

Tinka war an diesem Morgen jedoch nicht die Einzige,

die schwierig war. Auch unsere Klassenlehrerin Frau Krämer, die ganz und gar keine Freundin der neuerlich so intensiv über den Schulclub gepflegten Kontakte zur Jungenschule war, zickte herum. Nachdem sie mir zunächst gute Besserung gewünscht und den Anschein erweckt hatte, wirklich froh darüber zu sein, dass ich so glimpflich bei diesem Unfall davongekommen war, konnte sie ihren offenbar seit Tagen aufgestauten Unmut nicht mehr länger zurückhalten. Und so wurde ich trotz meines immer noch bedauernswerten Zustands gleich wieder Opfer einer ihrer Moralpredigten. Merde! Da wäre ich mal lieber noch etwas länger zu Hause geblieben!

»Wir haben«, platzte es gleich nach ihren Genesungswünschen aus ihr heraus, »dem gemeinsamen Tanzkurs mit der Jungenschule nur unter der Voraussetzung zugestimmt, dass es dort gesittet zugeht.« Sie schaute in die Runde und blieb dann mit ihrem Blick an mir hängen. »Was mir jedoch über die erste Tanzstunde zu Ohren gekommen ist, passt allerdings ganz und gar nicht zu unseren Vorstellungen«, zeterte sie weiter.

Sie sagte *wir* und *uns*, um vorzutäuschen, dass das halbe, wenn nicht das ganze Kollegium hinter ihr stehen würde. Ich war mir allerdings sicher, dass sie mal wieder die Einzige war, die ihre Nase sogar in die Freizeitgestaltung ihrer Schüler stecken musste.

Sie schaute von mir zu Lise, die Klassensprecherin war. »Willst du mir bitte berichten, Lise, wie es zu diesem, diesem, ähm, unerquicklichen Vorfall kommen konnte?«

Lise stellte sich erst mal dumm. »Unerquicklicher Vorfall?«

Ehrlich gesagt wusste selbst ich nicht so genau, worauf Frau Krämer hinauswollte, obwohl ich insgeheim natürlich ahnte, dass es mit dem Obst- und Gemüseunfall, den ich und Daniel verursacht hatten, zu tun haben musste.

Hatte es auch, aber nur indirekt. Das stellte sich heraus, als Frau Krämer Doreen aufforderte, doch noch einmal ihre Beobachtungen zu schildern. Natürlich fiel sowohl mir als auch Lise sofort auf, dass Frau Krämer von *noch einmal schildern* gesprochen hatte, was nichts anderes hieß, als dass Doreen uns offenbar bei unserer Klassenlehrerin angeschwärzt hatte. Ich zog wütend die Luft durch die Nase ein und stand kurz vor einer Explosion. Diese dämliche Giftnatter! Aber was sie dann sagte, schlug ja wohl der Tonne den Boden aus.

»Leonie hat in aller Öffentlichkeit mit einem Jungen von der Jungenschule herumgeknutscht, äh, ich meine, sie hat einen Jungen von der Jungenschule in aller Öffentlichkeit während des Tanzkurses geküsst, ähm, und sich dabei mit ihm auf dem Boden, ähm, gewälzt ...«

Küssend auf dem Boden gewälzt! Liebes Lieschen, hatte das Mädchen einen Schaden? Das war ein Unfall!

Einen Moment überlegte ich, ob ich die Sache schnell klarstellen sollte, aber warum musste ich mich eigentlich vor dieser Giftspritze rechtfertigen? Also siegte mein Zorn. »Das geht dich ja wohl einen feuchten Wischmopp an!«, schnauzte ich los, weil ich mich bei so viel Gemeinheit einfach nicht mehr zurückhalten konnte. »Und was hat Frau Krämer damit zu tun? Wieso erzählst du ihr so was überhaupt!«

»Genau«, sprang Lise mir nun bei. »Du solltest allmählich begreifen, dass du keine Klassensprecherin mehr bist. Kein Mensch interessiert sich für dein Geschwätz.«

Tat aber doch jemand und dieser Jemand war leider unsere Klassenlehrerin.

»Wenn du deine Pflichten versäumst, Lise, ist es nur richtig von Doreen, dass sie mir diese, ähm, Unregelmäßigkeiten meldet.«

»Aber sie hat dazu überhaupt kein Recht. Sie ist nicht einmal meine Stellvertreterin, das ist Jenny. Und wenn Jenny und ich nichts zu berichten haben, dann gibt es auch nichts zu berichten. Doreen jedenfalls hat von niemandem ein Mandat, das zu tun.«

Es sei denn, sie ist Frau Krämers Oberspitzel, dachte ich.

Uups! Hatte ich das jetzt etwa gesagt? Nach dem Gesichtsausdruck von Frau Krämer zu urteilen, ja. Liebes Lieschen, warum war nur meine Zunge immer schneller als mein Verstand? Aber es stimmte doch: Doreen war nur deswegen so eine blöde Petze, weil Frau Krämer sie petzen ließ.

Unserer Klassenlehrerin schien die Situation nun ein wenig unangenehm zu werden, denn sie wusste, dass Lises Vater Richter war und Lise und Jenny natürlich im Recht waren. Wenn sie auf jedes Geschwätz hören würde, bräuchte man ja wirklich keine Klassensprecher mehr. Und schließlich war Doreen ja nicht ohne Grund abgewählt worden. Klassenkameradinnen anzuschwärzen, was sie ständig tat, war ja auch wirklich nicht Aufgabe einer Klassensprecherin. Andererseits wollte Frau Krämer natürlich unbedingt wissen, was an dem von

Doreen in die Welt gesetzten Gerücht dran war. Auch Lehrerinnen sind ja nur Menschen und der Mensch ist halt von Natur aus neugierig.

Also sagte sie, ohne auf Lise und Jenny weiter einzugehen: »Bitte, Leonie, du kannst ja selbst Stellung zu dieser Anschuldigung beziehen.«

Anschuldigung! Wenn ich das schon hörte! An meiner alten Schule wurde geknutscht, wann es einem passte – jedenfalls taten das die älteren Schüler, ich war ja damals leider noch ungeküsst gewesen. Grins! Jedenfalls hätte kein einziger Lehrer wegen so ein bisschen Küsserei einen derartigen Aufriss gemacht. Tja, war halt eine gemischte Schule, da herrschten eben doch andere Verhältnisse.

Hm, was bezog ich denn nun mal für eine Stellung? Igelte ich mich im Schützengraben ein und versuchte aus dem Hinterhalt Terrain zu erobern oder pflanzte ich gleich das scharfe Bajonett auf und nahm die Bastion im Sturm? Das Einfachste wäre sicherlich, wie gerade im Geschichtsunterricht behandelt, die strategische Kriegführung der Römer anzuwenden, meine Kohorten um mich zu sammeln und damit den Gegner einfach über den Haufen zu rennen. Tja, oder ich machte es wie dieser kleine Haufen unbeugsamer Gallier – mit List und Zaubertrank.

Aber an Zaubertrank zumindest mangelte es im Moment und meine Freundinnen taten ja schon ihr Bestes, um mich aus dieser misslichen Lage zu befreien, allerdings ohne nennenswerten Erfolg. Also blieb nur noch Einigeln oder mutiges Losstürmen. Ich muss ja wohl nicht mehr besonders begründen, warum ich mich fürs

Losstürmen entschied. Rothaarige Löwenmädchen igeln sich nun mal nicht ein. Also her mit dem Bajonett! Attacke!

»Ich, ähm, wüsste nicht, dass die Schulordnung das Küssen verbietet«, sagte ich also forsch, aber in freundlichem Tonfall, schließlich wollte ich Frau Krämer ja nicht noch mehr verärgern.

Tat ich wohl trotzdem, denn sie erwiderte brüsk: »Das ist ja wohl bei einer Schulordnung für eine Mädchenschule überflüssig.«

Nun ja, dachte ich, so ganz auch wieder nicht, falls sich mal zwei Mädchen lieben sollten ...

»Wie bitte?« Frau Krämers Stimme überschlug sich fast. »Was hast du da eben gesagt?«

Uups! Ich starrte Lise an und flüsterte dann hektisch: »Habe ich was gesagt? Was denn? Ich, ich dachte, ich habe nur gedacht ... «

Offenbar hatte ich das mal wieder ziemlich laut getan, so laut, dass es Frau Krämer und die ganze Klasse mitbekommen hatten. Woraufhin alle in wildes Hühnergegacker ausbrachen und Frau Krämer in eine pikierte Erstarrung verfiel. Leider wachte sie daraus sehr schnell wieder auf. »Ich habe dich etwas gefragt, Leonie! Was sollte diese freche und anzügliche Bemerkung?«

»Ähm, ja, äh, ich, ich finde sie gar nicht anzüglich, äh, kann doch mal vorkommen oder, äh, also ... «

Nun schaltete sich Lise ein. »Ich weiß wirklich nicht, was Doreen Ihnen erzählt hat, Frau Krämer«, sagte sie sehr ruhig und sachlich. »Aber fest steht ja nun eindeutig, dass es niemanden hier etwas angeht, was Leonie oder sonst jemand während der Freizeit in der Jungenschule tut. Und was unsere Schulordnung angeht, erstens gilt sie nicht in der Jungenschule und zweitens sieht die wirklich kein Kussverbot vor. Darum denke ich, sollten Sie im christlichen Geist dieser Schule für jede Liebesbekundung dankbar sein.« Und in einer sicherlich kühl kalkulierten, jedoch spontan wirkenden Geste beugte sie sich zu mir rüber und drückte mir einen fetten Schmatzer auf die Wange. »Doch damit kein Missverständnis aufkommt: Ich bin keineswegs lesbisch!«

O mein Gott, dachte ich, das gibt jetzt garantiert einen Schulverweis!

Erst mal verschlug es Frau Krämer die Sprache, dann beorderte sie uns nach der sechsten Stunde zu unserer Vertrauenslehrerin Schwester Walburga.

Die kriegte mal wieder diesen traurigen Ausdruck in den Augen, weil wir als ihre Lieblingssorgenkinder schon wieder Stress machten. Als sie aber hörte, worum es ging, wunderte sie sich doch ein wenig und ich hatte den Eindruck, dass sie eher auf unserer Seite stand. Zwar war auch sie der Meinung, dass der Schulclub zwischen der Mädchen- und der Jungenschule und insbesondere der erste gemeinsame Tanzkurs nun nicht die guten Sitten verrohen lassen sollte. Hemmungsloses Knutschen durfte nicht das Hauptziel dieser neuen Kontakte werden, meinte sie.

Aber sie sagte auch: »Der liebe Gott hat nun mal den Menschen in einer weiblichen und einer männlichen Variante geschaffen und so hat er auch gewollt, dass die Geschlechter einander begegnen. Anders wäre ja auch der Fortbestand der Menschheit wohl kaum gesichert. Und Gott hat die Liebe unter die Menschen gebracht, damit sie einander verstehen lernen und sich achten.« Sie schaute Frau Krämer sehr ernst an. »Wer sich küsst, der bekriegt sich nicht«, schloss sie.

Sofort musste ich an das Plakat an der Tür meines kleinen Bruders Peppi denken, das er neulich in Mamas Umzugskiste entdeckt und gleich abgestaubt hatte. *Make Love not War* stand da drauf und auf dem Bild knutschten sich lauter nackte Paare ab. Mama wollte aus Rücksicht auf Oma und Opa nicht, dass er es aufhängte, doch Peppi setzte sich durch.

»Dann höchstens an die Innenseite deiner Tür«, hatte Mama verlangt.

Tja, und da hing es denn auch, bisher von meinen Großeltern noch unentdeckt. Wie ich Opa Theo und Oma Gigi kannte, hatten die in den coolen Siebzigern an der Uni selbst zu den Love-and-Peace-Makern gehört und die Sorge, dass sie das Plakat stören würde, war bestimmt völlig unbegründet. Mama war aber auch so was von prüde seit der Scheidung! Na ja, Papa hatte ihr wohl zu viel Friedfertigkeit bewiesen – in fremden Betten …

»Hast du verstanden, Leonie?« Frau Krämers Stimme holte mich in das ungemütliche Besprechungszimmer unserer Vertrauenslehrerin zurück.

Ich schüttelte den Kopf.

»Nee, äh, nein, äh, können Sie das bitte noch mal wiederholen. Ich, äh, war gerade mit den Gedanken … «

»… mal wieder woanders!«, vollendete Frau Krämer ärgerlich den Satz. »Es wird langsam Zeit, Leonie, dass du deinen Gesprächspartnern etwas mehr Respekt entgegenbringst und zuhörst.«

Ich nickte ergeben. »Ich werde mich bemühen. Könnten Sie vielleicht dennoch …«

Sie konnte. »Ich habe gesagt, dass wir noch einmal über diesen Vorfall hinwegsehen werden, um das Projekt Schulclub nicht zu gefährden. Aber wir wünschen, dass im Tanzkurs getanzt und nicht geknutscht wird. Es liegt also in eurer Hand, den Jungen klarzumachen, dass die Mädchen unserer Schule kein Freiwild für sie sind.«

Ach, du liebes bisschen! Nun konnten weder ich noch Lise an uns halten und brachen in Gelächter aus. Was war das aber auch für eine weltfremde Schnapsidee! Freiwild!

Als Lise jedoch einen bitterbösen Blick von Frau Krämer auffing, erklärte sie ganz ernst: »Natürlich nicht. Ich regle das mit dem Klassensprecher der 8L. Sie werden keinen Grund mehr für Klagen haben.«

Dabei verriet sie selbstverständlich nicht, dass es ebendieser Klassensprecher war, mit dem ich knutschend durch die Aula gerollt war!

Frau Krämer setzte ein leicht triumphierendes Lächeln auf.

Da ritt mich mal wieder der Teufel und ich konnte mir nicht verkneifen noch hinzuzufügen: »Ich denke, wir alle können uns gut unter Schwester Walburgas Motto wiederfinden.« Und als meine Klassenlehrerin mich fragend ansah, sagte ich, das Plakat an Peppis Tür vor Augen: »Na ja, make love not war!«

Ich weiß nicht, wie wir aus dem Besprechungszimmer und aus der Schule rausgekommen sind, ob Frau Krämer uns das Klassenbuch hinterhergeworfen oder

Schwester Walburga uns exkommuniziert hatte. Das Erste, was ich wieder bewusst wahrnahm, war, dass uns der Bus vor der Nase wegfuhr und wir zu Fuß zur Rheinallee laufen mussten. Und das war hart, denn neben mir galoppierte Lise wie ein wieherndes Pferd und kriegte sich überhaupt nicht mehr ein. Manchmal war das Mädchen einfach peinlich!

»Leonie«, sagte sie schließlich zum Abschied vor unserem Haus und wiederholte in täuschend echter Nachahmung die letzten Worte unserer Klassenlehrerin, »du redest über Dinge, von denen du wirklich noch nichts verstehst.«

Und während ich Lise über den Gartenzaun nachwinkte, wiederholte ich lachend meine Antwort: »Dann wäre es sehr nett, Frau Krämer, wenn sie mir die gelegentlich mal erklären würden.«

Ich glaubte mich zu erinnern, dass Frau Krämer irgendwie unnatürlich rot geworden war. Aber da konnte ich mich selbstverständlich auch irren, denn nach diesem Satz hatte ich nur noch ein Bedürfnis: Flucht!

Nun aber raus hier, nun aber raus!!!

Nach dem Essen mit Oma, Opa und meinem kleinen Bruder Peppi, das mal wieder sehr lecker war, setzte ich mich mit einem Schulbuch auf meinen kleinen Balkon. Ich konnte mich jedoch nicht auf den Text konzentrieren, sondern schaute den Schiffen zu, die auf dem Rhein vorbeifuhren.

Es war aber auch einfach zu viel, was da in den letzten Tagen passiert war. Viel zu viel, um es wirklich fassen zu können.

Ich kniff mich in den Arm, weil ich es immer noch nicht glauben konnte, und doch war es wahr! Daniel hatte mich in aller Öffentlichkeit geküsst und nicht nur das, er hatte mir auch noch das Leben gerettet. Ich sah meinen süßen Daniel vor mir, wie er neben mir auf der Straße kniete, und summte so zufrieden wie lange nicht mehr: »Liebe ist … so wie du bist!«

Trotz meines eigenen Glücks gingen mir Thomas und Tinka nicht aus dem Kopf. Gott, was würde sich das hübsch machen, ihre Initialen T & T in einem in Baumrinde geschnitzten Herzen!

Deine Fantasie geht mal wieder mit dir durch, nölte meine innere Stimme der Vernunft. *Nur weil ihre Namen mit dem gleichen Buchstaben anfangen, müssen sie doch nicht zusammenpassen.*

Das stimmte zwar, aber es konnte doch nicht nur ein schlichter Zufall sein, dass gerade Tinka vorbeigetanzt kam, als ich Thomas sagte, dass ich mich gegen ihn und für Daniel entschieden hatte. Da war garantiert eine gütige Macht des Schicksals am Werk gewesen.

Das denkst du doch nur, damit du jetzt keine Schuldgefühle entwickeln musst, muffelte die Stimme der Vernunft weiter herum. *Du hast einfach Mitleid mit Thomas und willst ihn deshalb ganz schnell mit einem anderen Mädchen verkuppeln. Ob es zu ihm passt, ist dir doch offenbar völlig egal. Hauptsache, du musst kein schlechtes Gewissen mehr haben, weil du dich gegen ihn entschieden hast.*

So ein Blödsinn! Allerdings ganz von der Hand zu weisen waren diese Argumente auch nicht. Natürlich würde ich mich besser fühlen, wenn Thomas eine Freundin hätte, mit der er glücklich wäre. Er war so ein supernetter Kumpel, mit dem man wirklich Pferde stehlen konnte, und wer weiß, wenn Daniel nicht wäre … vielleicht hätte ich mich dann in ihn verliebt. Aber das war graue Theorie. Gott sei Dank gab es Daniel und er war ein Megaschatz, den ich gegen niemanden auf der Welt eintauschen würde. Auch für Thomas nicht und darum musste Thomas sein Glück eben bei einem anderen Mädchen finden. Und zwar möglichst bald. Ich würde alles tun, um Amor turbomäßig auf ihn anzusetzen.

Wie knüpft man Liebesbande?

Ich wollte gerade eine Liste über Tinkas gute Eigenschaften machen, mit der ich vor allem Lise überzeugen wollte, dass unsere hochbegabte Freundin doch die Richtige für Thomas war. Da röhrte mein Handy: »Anybody there, anybody there ... ?«

Ja, ja, ja! Ich war da und ich war ja auch schon dabei, den Anruf anzunehmen!

»Leo?«

Na, wer wohl sonst sollte einen Anruf auf meinem Handy beantworten? »Nee, der Nikolaus!«

Gekicher und dann war Daniels sanfte, vom Stimmbruch kaum entstellte Stimme zu vernehmen. »Wie schade, mit dem wollte ich eigentlich kein Date verabreden.«

Oh, da flatterte aber mächtig was in meinen Eingeweiden! »Du, du willst ein Date verabreden?«, fragte ich aufgeregt. »Wann denn?«

»Wäre dir spontan heute noch recht?«

Hach, ich liebte spontane Dates! »Ja, klar! Je spontaner, desto besser!«

»Es ist aber wirklich sehr spontan.«

»Macht nichts. Du weißt doch, ich, ich freue mich immer total, dich zu sehen ...«

»Na, dann guck mal von deinem Balkon.«

NEIN! Ich raste raus und wäre fast über die Brüstung gestürzt. Unten stand doch tatsächlich lebendig und leibhaftig Daniel und was hatte er in der Hand? – Eine Gitarre!

Und damit legte er auch gleich los:

»I see trees of green, red roses, too.

I see them bloom, for me and you.

And I think to myself, what a wonderful world …«

Mir schossen Tränen in die Augen, weil er mich so überrumpelt hatte, weil seine Liebe so plötzlich wie eine riesige Welle über mich schwappte, weil ich so viel Glück gar nicht fassen konnte und vermutlich auch gar nicht wirklich verdient hatte.

»Ich komme runter!«, rief ich mit wackeliger Stimme, stürzte zurück ins Zimmer, riss ein hübscheres T-Shirt aus dem Schrank, raste ins Bad, um einen kontrollierenden Blick in den Spiegel zu werfen und sauste dann noch schnell bei meiner Mutter vorbei. »Ich bin mal kurz weg!«, informierte ich sie.

Sie schaute etwas geistesabwesend von ihrem Computermonitor zu mir herüber und nickte. »Lass es aber nicht zu spät werden und grüß Lise von mir.«

Lise? Ach, war ja egal, sollte sie ruhig denken, ich wäre wie so oft in letzter Zeit bei Lise ein paar Häuser weiter. Alles mussten Mütter ja nun auch nicht wissen.

Als ich die Haustür hinter mir zuwarf, stand Daniel schon am Gartentor und sah mir erwartungsvoll entgegen.

»Ich dachte«, sagte er, nachdem wir uns mit einem langen, leckeren Kuss begrüßt hatten, »wir machen heute mal ein kleines Picknick mit Musik am Rhein. Einverstanden?«

Mein Gott, dachte ich, wie ich diesen Jungen und seine coolen Einfälle doch liebte!

Die Sonne ging bereits unter, als wir die Picknickreste zusammenpackten. Wir hatten Cola getrunken und Käsehäppchen und knackige Gemüsesnacks geknabbert und den Schiffen zugesehen, die auf dem Rhein vorbeifuhren. Wir hatten ein paar Lieder gesungen, die Daniel auf der Gitarre begleitet hatte. Am liebsten hätte ich auch mal ein paar Griffe gelernt, aber mit meinen immer noch schmerzenden Händen ging das leider nicht.

»Aufgeschoben ist nicht aufgehoben«, sagte er tröstend. »Wir werden noch viel Zeit haben und müssen nichts überstürzen. Ich bringe es dir gern bei, aber werde erst mal wieder ganz fit.«

Das klang ja wirklich so, als wären wir jetzt richtig und fest zusammen. Waren wir doch auch, oder?

Daniel lachte. »Du kannst Fragen stellen! Klar doch!«

Als wir den Rückweg antraten, nutzte ich die Gelegenheit, ihn mal auf Tinka anzusprechen. Es war doch interessant, zu wissen, wie sie auf Jungs so wirkte.

»Tinka?«, fragte er jedoch nur verwundert und hatte offenbar keinen blassen Schimmer, wen ich meinte.

Konnte es sein, dass Tinka wirklich so unscheinbar rüberkam, dass sie von normalen Jungs nicht mal wahrgenommen wurde?

»Na, das Mädchen, mit dem du getanzt hast, bevor Thomas sie abgeklatscht hat.« Er konnte doch nicht an Amnesie leiden!

Tat er wohl aber doch. »Ehrlich, Leo, ich erinnere mich wirklich nicht mehr. Da war so eine Blasse, die ich genommen habe, als Thomas dich mir im Tanzkurs vor der Nase weggeschnappt hatte. Fast hätte ich mich mit ihm um dich geprügelt, aber dann habe ich nicht gleich in der ersten Tanzstunde Stress machen wollen und sie aufgefordert. Aber echt, du, ich habe kein Wort mit der gewechselt ... «

Hm, schwierig, schwierig ... Klar, so einen nachhaltigen Eindruck wie ich mit meinen roten Powerlocken konnte ja nicht jedes Mädchen hinterlassen, aber so gar nichts? Das war schon deprimierend und ich wollte es einfach nicht wahrhaben. »Und du erinnerst dich an gar nichts mehr von ihr?«

Wir waren an unserem Gartentor angekommen.

Daniel schüttelte den Kopf. »Warum interessiert dich das so sehr? Ist sie eine Freundin von dir?«, wollte er wissen.

Ich nickte. »Ja, und sie ist ein wirklich tolles Mädchen, das einen netten Freund verdient hat.«

Er wirkte nun etwas schuldbewusst und sagte mit bedauerndem Unterton in der Stimme: »Das musst du verstehen, Leo, ich hatte nur Augen für dich und überlegte die ganze Zeit, wie ich es nur schaffen könnte, dich Thomas aus den Armen zu reißen!«

Nun musste ich lachen. »Na, gut, dass er mich schließlich freiwillig losgelassen hat, auch wenn wir beide dann etwas unsanft zu Boden gegangen sind.«

Daniel stimmte in mein Lachen ein und jetzt hörte man doch, dass er im Stimmbruch war, denn es kiekste mittendrin ganz merkwürdig. »Besser hätte es gar nicht kommen können«, sagte er schließlich. »Ich stehe total auf Chaosgirls!«

»Aha!«, erwiderte ich spitz, weil er die Mehrzahl gebraucht hatte. »Auf welche denn noch?«

Er grinste. »Keine Angst, für mich gibt es nur dich!«

Wir küssten uns lange zum Abschied und wünschten uns die allerallerschönsten Träume.

Als ich die Haustür erreichte, winkte er mir noch einmal vom Gartentor aus zu. »Ach ja«, rief er dann schon im Weggehen, »etwas ist mir von dieser Tinka doch noch in Erinnerung geblieben: Sie hatte total die eiskalten Finger!«

Liebes Lieschen!

Ich meldete mich kurz bei meiner Mutter zurück und steckte meinen Kopf bei meinem Bruder Peppi ins Zimmer, wo Oma gerade damit beschäftigt war, eine Gute-Nacht-Geschichte über schreckliche Piratengräuel vorzulesen. Lächelnd stieg ich zu meiner Bude rauf. Offenbar hatte ihr das Make-Love-not-War-Poster echt nichts ausgemacht.

Einen Moment setzte ich mich noch an meinen Schreibtisch und schaute auf den inzwischen dunklen Rhein hinaus, in dessen leicht bewegtem Wasser sich die Lichter der Uferbeleuchtung glitzernd spiegelten. Schön.

Ich hatte viel Positives auf meine Liste für Tinka gesetzt, aber leider waren nur wenige Dinge darunter, die Jungen wirklich antörnten. Und nun kamen auch noch kalte Finger hinzu. Kein Wunder, dass das Mädchen es schwer hatte!

Und das schien es Tinka wirklich zu haben, denn als ich hoffnungsvoll Thomas anrief, um zu erkunden, ob ihm beim Tanzen nicht irgendetwas Liebenswertes an Tinka aufgefallen war, sagte er nach anfänglicher Verwirrung über meine Frage: »Nö, eigentlich nichts, sie, sie tanzt ganz gut ... aber ... «

»Was – *aber*?«

»Na ja, also, soweit ich mich erinnere, waren Tinkas Hände etwas feucht und sehr kalt, richtig ein bisschen unangenehm. Äh, warum fragst du mich so was überhaupt?«

Na, ein Schnellmerker war er ja nicht gerade und so erklärte ich ihm, dass ich an einer wissenschaftlichen Untersuchung arbeitete, mit der ich überprüfen wollte, wie sich der seelische Zustand eines Menschen auf seinen Körper auswirkt.

»Und Tinkas kalte Hände helfen dir jetzt dabei?«, fragte er.

»Klar«, antwortete ich und musste mich zwingen meine Rolle als Wissenschaftlerin weiterzuspielen. »Ich werde natürlich auch Tinka fragen, was ihr bei dir aufgefallen ist.« Ich grinste innerlich. »Vielleicht waren ihr ja deine Hände viel zu heiß, aber auf jeden Fall war sie bestimmt sehr aufgeregt, weil du sie abgeklatscht hast ... Ähm, ja, ich muss das natürlich noch genauer analysieren, aber, ähm, irgendwie liegt es ja auf der, ähm, Hand ... «

Ich hängte ihn dann ganz schnell ab.

Liebes Lieschen, das sah nach viel Arbeit aus! Ein hochbegabtes Mädchen mit eher konservativer Ausstrahlung an den Mann zu bringen war ja schon nicht ganz einfach, aber musste es auch noch so schwache Nerven haben, dass es gleich feuchtkalte Finger bekam, wenn ein Junge es mal abklatschte?

In der Nacht schreckte ich plötzlich auf. Ich hätte schwören können, dass ein paar eiskalte Finger meine Wangen gestreichelt hatten. Aber da ich nicht an Gespenster glaubte und Tinka sich wohl kaum in mein Zimmer verirrt hatte, schlief ich bald wieder ein. Für den Rest der Nacht saß dann, Gott sei Dank, kein böser Alb mehr drückend auf meiner Brust. Nur mein letzter Gedanke, der der Mathearbeit galt, führte zu einer gewissen Beklemmung.

Nicht ohne Grund, wie sich dann am nächsten Tag sehr schnell herausstellte. Frau Graus, die mit bürgerlichem Namen Gaus hieß, hatte genau die Aufgaben rausgefischt, von denen ich null und nichts verstanden hatte. Wie blöd! Da musste ich aber vor der nächsten Arbeit unbedingt mal mit Tinka üben, um das wieder rauszureißen.

Hm, Tinka. Ich schielte zu ihr rüber und was ich da sah, hob meine Stimmung auch nicht gerade. Sie hatte ihre leicht fettigen Haare zu einem Pferdeschwanz zusammengebunden, der auf eine himmelblaue Bluse mit gestärktem Kragen fiel. Tja, ehrlich gesagt war mir im Moment selbst nicht ganz klar, warum Thomas sich in Tinka verknallen sollte.

Weil sie hochbegabt ist, spottete meine innere Stimme, *und den Mathetest bestimmt mit Glanz und Gloria bestehen wird. Das macht ja sooooo sexy!*

Grrr! »Halt die Klappe!«, schnauzte ich wütend. Mit

triefendem Hohn musste ich mich wirklich nicht auch noch übergießen lassen.

Frau Gaus fuhr aus ihrer Zeitungslektüre hoch. »Wie bitte, Leonie? Wer hat da geschwätzt?«

Huch! Ich konnte ja wohl nie meine Zunge im Zaum halten. »Äh, äh, niemand. Entschuldigung. Ich, ich habe nur gerade mit mir selbst, äh, über eine Lösung diskutiert. Äh, ja.«

Sie sah mich zweifelnd an, konnte meine Aussage aber nicht widerlegen und so sagte sie etwas muffelig: »Dann mach das nächste Mal etwas leiser, du störst die anderen.«

Ich versprach es und senkte mein Haupt reumütig über den Testbogen, nicht ohne noch vorher einen augenzwinkernden Blick von Lise aufgefangen zu haben.

Aber Thomas und Tinka waren nicht meine einzigen Sorgenkinder. Probleme gab es auch mit dem *Girls&Boys-Club* wegen eines anhaltenden Mitgliederschwundes.

Nach einer anfänglichen Welle der Begeisterung kamen immer weniger Leute zu unseren regelmäßigen Clubtreffen. Oft war nur der erweiterte Vorstand da, was natürlich nicht dem Zweck der Sache entsprach. Zwar wurde der Tanzkurs sehr gut besucht und auch das Konzert mit den lokalen Bands in der Aula der Jungenschule, das der Club ebenfalls organisiert hatte, war brechend voll, aber das eigentliche Clubleben, das hauptsächlich dem Knüpfen von Kontakten dienen sollte, lag bald ziemlich brach.

»Stimmt«, gab Daniel mir beim nächsten Treffen recht. »So richtig Lust haben die Leute nicht mehr.«

»Dann müssen wir sie eben wieder motivieren«, meinte Lise. »Nicht dass die Schulleitungen uns den Laden mangels Nachfrage wieder dichtmachen!«

»Ja.« Daniel nickte. »Das könnte passieren.«

»Niemals!«, rief ich empört. »Das wäre eine Katastrophe! Wo wir doch so viel Energie in die Sache gesteckt haben. Und den Triumph möchte ich Doreen wirklich nicht gönnen!«

Daniel grinste. »Aber wenn das Vereinsziel erreicht ist … Da fragen sich doch einige Leute zu Recht, warum sie noch zu den Clubtreffen kommen sollen.«

»Wieso?«, fragte ich verständnislos. »Wieso Vereinsziel erreicht?«

»Na ja, ging es nicht mehr oder weniger darum, Mädchen und Jungen unserer Schulen zu verkuppeln? Wie ich es sehe, ist das doch in vielen Fällen gelungen und wo es noch nicht geklappt hat, wird es das doch wohl noch während des Tanzkurses tun.«

Ich starrte ihn empört an. Klar, Freundschaften zu knüpfen war eines der Ziele des Clubs, aber doch nicht das einzige. Es ging doch auch darum, gemeinsame Aktionen der beiden Schulen zu fördern, insgesamt die Kontakte auszuweiten und mehr Spaß zusammen zu haben.

»Dann müssen wir eben mal wieder eine coole Aktion machen«, meine Lise.

»Genau«, stimmte Miri zu. »Was richtig Krasses, was die Leute vom Hocker reißt und ihnen klarmacht, wie toll der Schulclub ist.«

»Tja, hat denn einer von euch eine Idee?«

Erstaunlicherweise meldete Tinka sich zu Wort. »Ich

finde, der Schulclub unternimmt schon eine ganze Menge. Dafür, dass der Vorstand ja auch noch einiges für die Schule zu tun hat, ist es jedenfalls genug. Meiner Ansicht nach liegt das Problem eher auf einer anderen Ebene …«

»Und zwar auf welcher, Fräulein Oberschlau?«, fiel Thomas ihr ungalant ins Wort.

Ich sah, wie Tinka zusammenzuckte und sich nervös auf die Unterlippe biss. »Nun lass sie doch ausreden«, schnauzte ich ihn an. »Komm, Tinka, wo siehst du denn das Problem?« Da war ich ja jetzt selber mal gespannt.

»Na ja«, druckste sie ein wenig herum und es war offensichtlich, dass Thomas' herber Einwurf sie total verunsichert hatte. Warum machte der Typ so was auch? »Also, ich, ähm, könnte mir denken, dass wir die Arbeit des Schulclubs nicht deutlich genug bekannt gemacht haben. Uns, uns fehlt eine gute Öffentlichkeitsarbeit …«

Wow! Na klar! Das war es! Sie hatte ja vollkommen recht. Werbung und PR waren heutzutage mit das Wichtigste, um Erfolg zu haben!

»Du bist genial, Tinka!«, rief ich also sogleich begeistert.

»Langsam, langsam«, bremste Thomas mich sofort aus. »Ein Schulclub ist schließlich kein Wirtschaftsunternehmen.«

Da war Daniel ganz anderer Ansicht. »Das spielt keine Rolle«, sagte er. »Entscheidend ist die Erkenntnis, dass auch ein Schulclub Öffentlichkeitsarbeit betreiben muss. Das machen schließlich nicht nur Wirtschaftsunternehmen, sondern auch kulturelle Einrichtungen, die Kirchen, Greenpeace …«

Thomas war eingeschnappt. »Ja, ja«, muffelte er, »ist ja gut! Dann fangt doch damit an, wenn ihr eine Vorstellung davon habt, wie man so etwas auf die Beine stellt!«

Hm, die hatte ich zumindest noch nicht. Ich schaute Tinka fragend an, doch da platzte Jenny auch schon mit einer coolen Idee raus. »Eine Zeitung, wir müssen eine Zeitung machen! Die meisten Schulclubs in den USA geben eine Schulzeitung heraus.«

»Genial!«, meinte Daniel anerkennend. »Das ist es: eine gemeinsame Zeitung für die Mädchen- und die Jungenschule! Und damit gewinnen wir dann auch noch den Preis für die beste Schülerzeitung!«

Er mal wieder!

»Na, langsam, langsam«, gab ich nun den Bremser, denn ich sah da zuallererst mal eine Menge Arbeit auf uns zukommen. »Wäre überhaupt jemand bereit, an so einer Zeitung mitzuarbeiten?«

Es stellte sich schnell heraus, dass eigentlich alle mitarbeiten und Artikel, Infos und Fotos liefern wollten. Aber die Verantwortung wollte niemand übernehmen und nach dem Posten des Chefredakteurs drängte sich auch keiner.

»So geht das nicht!«, schimpfte ich und war wirklich etwas ärgerlich. »Alle halten es für eine super Idee, aber niemand stellt sich für einen verantwortlichen Posten zur Verfügung. So wird nie was draus!«

Lise und Daniel stimmten mir zu.

»Leo, Daniel und ich sind schon im geschäftsführenden Vorstand«, sagte Lise. »Wir können zwar an der

Zeitung mitwirken, aber uns fehlt die Zeit, sie herauszugeben. Dafür muss mal jemand anders herhalten. Am besten jemand mit etwas ökonomischem Verstand, denn wir müssen das Ding auch irgendwie finanziert kriegen. Das heißt zum Beispiel Anzeigen einwerben, Angebote von Druckereien einholen, den Verkauf organisieren …« Sie sah ihren Bruder an. »Thomas, wie wäre es? Papa würde das sicherlich gut finden.«

Ich grinste innerlich. So ganz am Rande hatte ich bei meinen zahlreichen Besuchen bei Lise festgestellt, dass ihr Vater mit Thomas' Schulnoten gar nicht zufrieden war. Und so musste Thomas jede Chance nutzen, um ihn milde zu stimmen. Sonst konnte er die neue E-Gitarre vergessen.

Lise war schon ganz schön tricky!

Thomas schätzte die Lage offenbar genauso ein, und nachdem er sich noch ein wenig geziert hatte, lenkte er schließlich ein: »Okay, ich will euch ja nicht hängen lassen: Also, ich mache den Herausgeber.«

Alle jubelten ihm begeistert zu und so hätten wir die leise, etwas wackelige Stimme fast überhört, die in diesen Trubel hinein plötzlich sagte: »Dann, äh, übernehme ich die Chefredaktion.«

Tinka! Ja, was ging denn mit der ab? Ich glaubte es ja nicht!

»Du, du willst die Chefredakteurin werden?«, fragte ich ganz und gar ungläubig und auch Thomas starrte sie mehr als verblüfft an. Ich sah, wie Tinkas Augenlider hinter ihren Brillengläsern anfingen zu flattern.

Obwohl sie dadurch so aussah, als wollte sie umgehend einen Rückzieher machen, blieb sie standhaft. »Ja,

Journalismus und Öffentlichkeitsarbeit haben mich schon immer interessiert. Also, wenn ihr nichts dagegen habt, würde ich ...«

Wir was dagegen haben? Aber natürlich nicht!

»Das, das ist total cool von dir!«, platzte es denn auch begeistert aus mir heraus. »Das ist super! Da haben wir ja mit dir und Thomas ein richtig tolles Redaktionsteam. Echt prima!«

Das fanden die anderen auch. Nur Thomas schien sich etwas überrumpelt zu fühlen, was ich sogar verstehen konnte. Ich fragte mich ja selber, warum Tinka so plötzlich zugesagt hatte. Im Grunde gab es nur eine einzige Erklärung: Sie war doch scharf auf Thomas!

Das Dumme war nur, dass Thomas von sich genau den gegenteiligen Eindruck vermitteln wollte. Und als wir versuchten ein paar Ideen für die erste Ausgabe der Clubzeitung zu entwickeln und vor allem einen fetzigen Namen für sie zu finden, machte er ihre Vorschläge ständig runter.

Tinka schluckte es eine ganze Weile, aber schließlich wurde es ihr zu viel und sie sagte mit blasser Nasenspitze und deutlich leuchtenden Sommersprossen: »Also, wenn du auch noch Chefredakteur sein und die Zeitung lieber alleine rausgeben willst, trete ich natürlich gerne zurück.«

»Nichts wirst du!«, schaltete sich nun Lise ein. »Was soll das eigentlich, Thomas? Wenn du an der Aufgabenverteilung was auszusetzen hast, dann sag es klar und deutlich und versau uns hier nicht die Stimmung. Willst du lieber Chefredakteur sein?«

Er schüttelte den Kopf und wurde direkt ein bisschen rot. »Nee«, sagte er, »passt schon.«

»Das denke ich auch«, versuchte nun auch Daniel zu schlichten. »Ist doch schließlich egal, wer was ist! Ihr seid ein Team, das ist wichtig! Wir brauchen euch beide, denn für einen ist die Arbeit zu viel. Also rauft euch zusammen und ihr werdet viel Spaß haben. Für den Club ist das eine großartige Sache und wir sind euch total dankbar.«

Wow, was für eine Rede! Aber sie war taktisch sehr geschickt und verfehlte ihre Wirkung nicht. So kehrte doch noch Harmonie ein und wir fanden sogar einen Namen für unsere Zeitung, der, wie wir meinten, auch das Clubziel deutlich machte: *Girls&Boys-Vision.*

»Super gelaufen!«, meinte Lise später in der Eisdiele und schaufelte einen riesigen Löffel Spaghettieis in ihren beachtlichen Rachen.

Da konnte ich ihr, wenn man von der kritischen Situation mit Tinka und Thomas mal absah, voll und ganz zustimmen. »Eine Zeitung ist klasse. Superwerbung für den Club. Und der Name ist doch cool. Das klingt so zukunftsorientiert, nach Visionen und zugleich modern nach Überblick und so ...«

Lise nickte. »Ja, das hat Tinka sehr gut erklärt. Ich finde, sie hat in der Hinsicht echt was auf dem Kasten. Verstehe gar nicht, was Thomas plötzlich gegen sie hat ...«

Na, das verstand ich schon! »Ich wette, er ist in sie verknallt«, sagte ich überzeugt.

»Na, den Eindruck machte mir das aber nicht.«

»Doch, doch«, blieb ich hartnäckig bei meiner Theorie. »Bei Jungs äußert sich das eben anders.«

»Und Tinka?«

»Na, wenn du das nicht gemerkt hast. Die macht doch nur wegen Thomas mit.«

Das schien Lise irgendwie zu irritieren, denn sie sagte nicht sehr begeistert und Tinka gegenüber auch nicht gerade freundlich: »So, macht sie? Ich fürchte, sie macht vor allem eins: sich falsche Hoffnungen! Ich glaube kaum, dass sie sein Typ ist.«

Über diese Aussage von Lise grübelte ich lange nach. Was, wenn Thomas nun wirklich nicht auf Tinkas Typ stand?

Die Idee, Thomas schnellstens mit einer neuen Liebe zu versorgen, war vom Grundsatz her okay. Ob diese neue Liebe aber unbedingt Tinka sein musste, das sollte ich vielleicht lieber noch mal gut überdenken. Jedenfalls ohne ein gewisses, hm, Update auf Tinkas Seite würde da vermutlich nichts laufen. Jungs in der Pubertät fühlten sich weniger von der inneren Schönheit eines Mädchens als von ihren äußerlichen Sexattributen angezogen. Und wenn ein Mädchen hochbegabt war und auch noch so aussah, dann standen seine Chancen offenbar wirklich nicht zum Besten!

Ich konnte nicht einschlafen und wälzte mich hin und her, bis ich zu dem Schluss kam, die Sache sich selbst zu überlassen. Zu kompliziert. So wie Thomas und Tinka wie Hund und Katz umeinander herumgeschlichen waren! Nee, davon ließ ich besser die Finger!

Außerdem konnte ich nicht auf mehreren Hochzeiten gleichzeitig tanzen. Wenn ich mir zu viel aufhalste, konnte ich ja meine Liebe zu Daniel gar nicht genießen!

Das wäre es ja noch schöner, wenn ich den jetzt schon vernachlässigte. Nee, das ging ja gar nicht!

Sorry, Thomas! Sorry, Tinka! Ich glaube, ich muss als Partnervermittlerin erst mal eine Auszeit nehmen. Aber vielleicht klappt es mit euch ja auch ohne meine Hilfe!, dachte ich und schlummerte endlich ein.

Denn erstens kommt es anders …

Als meine Mutter am nächsten Morgen an meine Zimmertür klopfte, um mich zu wecken, war ich alles andere als frisch. Ich taperte ins Badezimmer hinunter, wo Peppi leider schon vor mir seine übliche Überschwemmung angestellt hatte, und nahm mir vor, Thomas und Tinka erst einmal aus meinen Gedanken zu verbannen. Punktum!

Lise erwartete mich schon am Gartentor, als ich hinaustrat. Und bald schon warf ich alle guten Vorsätze wieder über den Haufen.

»Du hast ja so recht gehabt, Leo«, legte Lise nach einem Begrüßungsküsschen sofort mit lautstarkem Gewieher los. »Der arme Junge, der ist ja total durch den Wind! Der hat die ganze Nacht den Vollmond angeheult wie ein rolliger Werwolf!«

Meine Güte, doch nicht echt, oder? Offenbar doch.

»Ich habe kein Auge zugemacht, weil er noch zu nachtschlafender Zeit seine Mucke laufen hatte, und als er seine bummernden Bässe endlich etwas runtergefahren hatte, hat er mir auch noch auf der E-Gitarre was vorgewimmert. Ich weiß nicht, ob meine Eltern Bohnen in den Ohren hatten, dass die das nicht gestört hat, ich jedenfalls bin total fertig.«

Ach herrje! Dass Liebeskummer aber auch solche Formen annehmen konnte! Und wer war wohl schuld daran? – Ich mal wieder! Da sollte man kein schlechtes Gewissen kriegen.

»Und dann hat er auch noch angefangen zu singen. Also bitte, ich habe ja volles Verständnis für seinen Liebeskummer, aber so etwas mache ich nicht länger mit. *Sieh mir noch einmal in die Augen, bevor du gehst …* Xavier Naidoo geht mir schon am Tag total auf die Nerven und dann musste ich mir die ganze Nacht diesen Sülz anhören. *Suche Nord, Ost, Süd und West, um dich anzufleh'n, nicht fortzugeh'n …* Wir müssen schleunigst etwas unternehmen, damit der Junge wieder normal wird. Wie war das mit einer neuen Liebe?«

Och nö, jetzt hatte ich mich doch gerade von dem Gedanken verabschieden wollen, mich ungebeten in die Angelegenheiten meiner Mitmenschen einzumischen, und nun bat mich einer dieser Mitmenschen doch tatsächlich darum, es doch zu tun. Da konnte ich ja eigentlich nicht Nein sagen.

Hörst du, sagte ich in einem stillen Gedankenaustausch zu meiner inneren Stimme, *ich kann wirklich nichts dafür. Ich wollte nicht mehr an Thomas und Tinka denken, sondern nur noch an MATHEMATIK und DANIEL! Aber ich kann doch Lise nicht in einer solchen Situation meine Hilfe abschlagen. Schließlich ist sie meine Freundin und Freundinnen müssen sich in solchen kritischen Lebenslagen beistehen.*

Und ehe die Stimme der Vernunft sich überhaupt erheben konnte, wandte ich mich an Lise. »Ach, du Ärmste! Da scheint es ja wirklich das Beste zu sein, wenn wir ihm ganz, ganz schnell eine neue Freundin besorgen.«

Irgendwie fühlte ich mich ja geschmeichelt, dass der Junge sich so doll in mich verknallt hatte, dass ihn meine Zurückweisung nun derart schmerzte. Aber natürlich hatte Lise recht, das war kein Zustand!

»Hast du denn deine Meinung, was Tinka betrifft, noch mal überprüft?«, fragte ich also Lise, auch wenn ich inzwischen selbst nicht mehr so davon überzeugt war, dass die beiden zusammenpassten. Nicht nur wegen Tinkas kalten Fingern und den Albträumen, die ich deswegen gehabt hatte. So wie die gestern miteinander rumgezickt hatten! Liebes Lieschen!

»Na ja ...«, antwortete Lise, doch weil der Bus gerade an der Haltestelle hielt und der Motor so laut tuckerte, verstand ich ihre nächsten Worte nicht.

Als wir einen Platz ergattert hatten, fragte ich deshalb noch mal nach: »Was hast du eben über Tinka gesagt?«

»Dass ich mir zwar nicht sicher bin, wir es aber mal versuchen können. Mir fällt nämlich sonst auch niemand ein. Miri und Jenny sind ja, wie es scheint, schon vergeben ...«

»Tja, sonst müssten wir womöglich auf Doreen zurückgreifen. Wäre dir das lieber?« Ich griente sie richtig frech an.

Sie stieß mir scherzhaft ihren Ellbogen in die Rippen. »Das würdest du für mich tun? Doreen mit Thomas verkuppeln? Ich bewundere deine Selbstüberwindung!«

Gekicher. Hätten wir nur im Mindesten geahnt, was in der Hinsicht noch auf uns zukommen würde, wir hätten wohl kaum so albern abgelacht, sondern mit Grausen unser Haupt bedeckt und Klagegesänge angestimmt. So aber sagte ich nichts Böses ahnend: »Klar, du weißt doch, ich bin absolut großherzig.«

»*Ich* weiß das schon«, wieherte Lise, »nur Frau Krämer scheint das noch nicht so richtig gecheckt zu haben.«

Ach je, Frau Krämer, da fiel mir ein, dass ich über Thomas und Tinka ganz vergessen hatte, die Französischhausaufgabe zu machen. Ich riss hektisch mein Heft aus dem Rucksack und forderte: »Gib mir mal schnell dein Französisch, ich hab's total verpennt.«

Und wenig später schrieb ich mit dem Heft auf den Knien von Lise die Aufgaben ab. Puh, das war mir aber wirklich in allerletzter Minute eingefallen! Bei Frau Krämer durfte ich mir in nächster Zeit absolut keine Schnitzer mehr erlauben, sonst kriegte die es fertig, mich doch noch von der Schule zu verweisen. Den Kummer wollte ich meiner Mutter und vor allem meiner Oma ersparen.

Kurz bevor wir die Haltestelle an der Schule erreichten, gab ich Lise ihr Heft zurück und packte meine Sachen weg.

»Und was ist jetzt?« Bevor wir in die Schule gingen, wollte Lise aber nun doch wissen, was ich unternehmen wollte, um Thomas wieder von Xavier Naidoo wegzukriegen. »Noch eine Nacht kann ich das echt nicht ertragen. Meinst du, Tinka steht auf den?«

»Auf Thomas?«

»Nee, auf Naidoo.«

»Hm, keine Ahnung«, antwortete ich wahrheitsgemäß und dabei fiel mir auf, dass ich weder sie noch Thomas richtig kannte. Und als mir das klar wurde, kam mir auch gleich eine Idee. »Du«, sagte ich zu Lise, als wir die wenigen Meter vom Bus zur Schule gingen, »wenn die Sache mit Tinka und Thomas ernsthaft was werden soll, dann müssten wir dringend rauskriegen, was Thomas und Tinka für Vorstellungen in Bezug auf Liebe und Partnerschaft haben. Und ich weiß auch schon, wie wir das anstellen können!«

Lise sah mich forschend an. »Da bin ich aber gespannt.«

»Ich schreibe einen Artikel für die Clubzeitung darüber!«

Lise sah mich entsetzt an. »Über Thomas und Tinka? Die bringen dich um!«

»Quatsch!« Ich lachte bei der Vorstellung. »Ich meine, einen Artikel über die allgemeinen Vorstellungen unserer Mitschüler zu Liebe und Partnerschaft. Die Grundlage des Artikels wird eine Befragung an unseren beiden Schulen bilden.«

»Aha.« Lise schien noch nicht so recht zu kapieren, wie uns das weiterbringen konnte.

»Und rate mal, wen ich zuerst befragen werde?«

Jetzt fiel der Cent auch bei ihr und sie wieherte dezent und zustimmend. »Thomas und Tinka! Genial!«

Tinka fand es zwar nicht ganz so genial, als ich sie interviewen wollte. Aber ich erklärte ihr, dass wir natürlich erst mal einen Testdurchlauf machen müssten, bevor wir dann mit der eigentlichen Befragung anfangen könnten. Das empfand sie als einen sehr wissenschaftlichen Ansatz und ich hatte ihre rückhaltlose Unterstützung. Die ging leider so weit, dass sie mich unbedingt zu Thomas begleiten wollte. Ich zweifelte, ob das eine so gute Idee war, denn bestimmt würde es ihn schon bei mir einige Überwindung kosten, so ein Interview zu führen.

»Ich kann ja einen Kassettenrekorder mitnehmen«, schlug sie vor. »Dann können wir das Interview aufnehmen und du hast gutes Probematerial, um daraus den endgültigen Fragebogen zu basteln.«

Also, in Gottes Namen! Mir fiel wirklich kein Grund mehr ein, mit dem ich sie abwimmeln konnte, und sie war ja schließlich die Chefredakteurin.

Ich rief Thomas an und verabredete mit ihm einen Termin. Dass Tinka mitkommen wollte, behielt ich dabei allerdings für mich.

Zwei Tage später tanzten wir am Nachmittag bei Thomas an. Er schien nicht sehr begeistert darüber zu sein, dass ich nicht alleine gekommen war, und als er uns gnädigerweise in sein Zimmer ließ, war mir auch klar, warum. Er hatte es offenbar extra aufgeräumt und, ähm, ja, irgendwie total kuschelig gemacht. Kissen auf dem Boden und brennende Kerzen auf dem Tisch. Holla, ich hatte ein Interview und kein Schmusestündchen mit ihm verabredet! Falls er gedacht hatte, er könnte mich mal eben so verführen, hatte er sich gewaltig geschnitten. Schließlich war ich mit Daniel zusammen, ging das denn nicht in seine Birne rein? Auch wenn er deswegen nun sauer war, ich jedenfalls war auf einmal total froh, dass ich Tinka dabeihatte. So ein Casanova!

Wir hockten uns in seine Sitzecke und er fragte reichlich muffelig, aber bemüht, seine Enttäuschung in den Griff zu kriegen: »Wollt ihr was trinken?«

»Wasser wäre okay«, sagte ich.

Tinka schüttelte den Kopf. »Nett hast du es hier«, meinte sie stattdessen.

»Na ja, bisschen eng, aber geht schon«, antwortete Thomas immer noch nicht wirklich gut gelaunt.

Als er zum Getränkeholen ging, musste ich daran denken, dass Tinka sich mit ihrem jüngeren Bruder ein winziges Zimmer teilen musste. Klar, dass ihr Thomas' Bude wie ein Palast erschien!

Tinka kramte nun den Kassettenrekorder, den sie bei Schwester Walburga ausgeliehen hatte, aus ihrem Rucksack und schloss das Mikro an. Als Thomas mit Gläsern und Getränken zurückkam, konnten wir sofort mit dem Interview loslegen. Ich erklärte ihm noch einmal kurz, worum es ging, und er meinte leicht gequält lachend: »Na gut, dann mache ich mal das Kaninchen für euch!«

Ich verstand nicht ganz. »Kaninchen?«

»Na ja, Versuchskaninchen! Ich denke, es ist ein Testvorlauf.«

»Ach so, ja klar, Versuchskaninchen ...« Ich schlug meinen Notizblock auf, wo ich mir schon ein paar der wesentlichen Fragen notiert hatte. »Okay, fangen wir mal mit was Einfachem an: Stehst du auf einen bestimmten Frauentyp?«

Er grinste. »Könnte man so sagen.«

Herrje, wie wäre es etwas konkreter?! Ich konnte nicht anders, ich musste ihn einfach ein wenig provozieren. »Ja, schön, und wie sieht der aus? Pamela Anderson oder eher Jennifer Lopez?« Ach je, jetzt lief Tinka rot an. Das hatte ich eigentlich nicht beabsichtigt. Also schnell zurücksteuern. »War nur ein Scherz. Also, wie müsste ein Mädchen vom Typ her sein, damit es dich interessiert?«

Ich schielte zu Tinka rüber, die ihm das Mikro vor den Mund hielt, und hoffte inständig, dass er nun etwas sagen würde, was auf sie zutraf, wenngleich ich auch nicht recht wusste, was. Fettige Haare und unvorteilhafte Brille? Nee, ging ja gar nicht.

Das empfand er wohl auch so, denn er grinste mich ziemlich herausfordernd an und meinte: »Sie sollte nicht schlauer sein als ich, rote Haare, Powerlocken und eine freche Klappe haben und mit Chaosbrause statt Weihwasser getauft sein.«

Tinka fiel fast das Mikro aus der Hand und mir der Unterkiefer runter.

Mit offenem Mund starrte ich Thomas an. »Du, du beschreibst mich …«, stammelte ich. »Das, das gilt nicht …«

»Nicht? Warum denn? Ich stehe nun mal auf deinen Typ.«

Ich glaubte ihm kein Wort. Und selbst wenn es wahr sein sollte, war es doch nun, wo er wusste, dass ich mit Daniel zusammen war, eine eindeutige Provokation. Mir war nur noch nicht klar, auf wen sie zielte. Auf mich oder Tinka? Jedenfalls hatte er damit erreicht, dass wir nun beide ganz schön genervt waren. »Na gut«, versuchte ich dennoch das Interview fortzusetzen. »Dann sag mir doch jetzt mal, was dir wichtiger ist bei einem Mädchen …« Ich schluckte, weil ich mir plötzlich gar nicht mehr sicher war, ob es sinnvoll war, ihn das im Beisein von Tinka zu fragen. »... guter Charakter oder sexy Aussehen?«

Hahaha, nach dem Einstieg von eben konnte ich mir die Antwort ja fast selber geben.

Wie erwartet kam es auch prompt von Thomas: »Natürlich soll sie sexy sein! Also, ich meine, ein guter Charakter stört ja nicht, aber ein bisschen was in der Bluse ist schon nicht verkehrt.«

Ich hätte ihn würgen können, andererseits hatte Tinka ja was in der Bluse, sie müsste sich nur mal eine bessere Haltung angewöhnen, so eingeknickt, wie sie jetzt wieder dahockte, kam das ja wirklich nicht zur Geltung. »Okay«, bemühte ich mich sachlich zu bleiben, obwohl ich zunehmend den Eindruck hatte, dass Thomas uns nur verschaukelte. »Spielt ihr Outfit für dich eine Rolle oder eher ihre Persönlichkeit?«

»Blöde Frage«, meinte Thomas nun. »Klar sollen ihre Klamotten und ihr Styling modisch und sexy sein. Das ist ja schließlich Ausdruck ihrer Persönlichkeit. Wer total unmodisch rumläuft, ist doch garantiert irgendwie verklemmt, nicht wahr, Tinka?«

Ich bringe ihn um, dachte ich, aber meine innere Stimme mahnte: *Keine Tätlichkeiten!*

Warum nur zog Thomas hier so eine miese Show ab? Hatte er möglicherweise Verdacht geschöpft? Hatte Lise vielleicht irgendwann mal unvorsichtigerweise unsere Kuppelabsichten durchschimmern lassen? Das wäre natürlich fatal und würde auch erklären, warum er plötzlich so zickig auf Tinka reagierte. Hm, im Grunde konnten wir das Interview auch abbrechen. Viel zu holen war da eh nicht mehr.

Ich trank erst mal einen großen Schluck Wasser und wollte dann das Ganze beenden.

Tinka kam mir jedoch zuvor. Wie eine Kanonenkugel feuerte sie eine letzte Frage auf Thomas ab. »Du willst also allen Ernstes behaupten, dass du ein totaler Hohlkopf und Macho bist, der in seiner Beziehung zu Mädchen ausschließlich hormon- und triebgesteuert ist?«

Nun fiel Thomas die Kinnlade runter und er sah aus wie ein Fisch auf dem Trockenen, der krampfhaft nach Luft schnappt. »Ähm, na ja ... das ist mir jetzt aber etwas peinlich, wenn das so rüberkam ...«

Tinka hatte nun Oberwasser und ließ ihn zappeln. »Das muss dir nicht peinlich sein, Thomas. Es bestätigt ja nur, was wir über Jungen in der Pubertät eh schon wussten. Du bist offenbar ein echter Prototyp!«

»Pro-pro-was? Was bin ich für ein Typ?«, stotterte Thomas.

»Ein typischer pubertärer Hohlkopf!«

Ich musste mich sehr zurückhalten, um nicht allzu deutlich zu grinsen. Das Mädchen war einfach genial! Die war wirklich hochbegabt und nicht nur das, sie war auch wieder mal ausgesprochen mutig.

»Aber, aber das sind doch alles dumme Vorurteile«, stammelte Thomas und man merkte, dass ihm nun sein Verhalten leidtat. »Jungen sind doch gar nicht so, so, sexfixiert, schwanzgesteuert und eindimensional ...«

Tinka nickte. »Natürlich nicht alle«, gab sie zu. »*Du* aber offenbar schon!«

»Das, das war doch nicht wirklich wahr ... was ich gesagt habe ... Tinka ... das war doch alles nur Verarsche ...«

Tinka stand auf und lächelte so was von kühl, dass diesmal bestimmt nicht nur ihre Finger kalt waren, sondern auch ihre Seele einem Eiszapfen glich. »Natürlich, Thomas, natürlich. Das haben wir doch sofort gemerkt. Trotzdem danke, für den Testdurchlauf war es sehr nützlich.« Sie sah ihn nun mit einem Blick an, der ihn eigentlich in einen Eisklumpen hätte verwandeln müssen. »Der wissenschaftliche Erkenntnisgewinn war enorm.« Dann wandte sie sich zu mir um. »Kommst du, Leonie, ich denke, wir haben genug Material.«

Ich sprang auf und folgte ihr. In der Tür musste ich mich allerdings noch mal zu Thomas umdrehen. Ich zeigte ihm einen Vogel und zischte: »Wie konnte ich einen Idioten wie dich jemals gut finden?!«

»Aber, aber, Leo …«, hörte ich ihn noch stammeln, dann ließ ich die Tür mit einem lauten Knall zufallen.

Weil Lise uns wohl nicht stören wollte und darum joggen war, lud ich Tinka noch kurz zu mir ein. Wir gingen gemeinsam die Rheinallee entlang, als ich Lise von Weitem antraben sah.

»Wollen wir ihr sagen, was Thomas für einen Bockmist verzapft hat?«, fragte ich Tinka schnell.

Sie schüttelte den Kopf. »Nein, besser nicht. Da hat er sich bestimmt nicht mit Ruhm bekleckert, aber das sollte unter uns bleiben.« Sie lächelte fein. »Wir wollen ja Lise in Bezug auf ihren coolen Bruder nicht die Illusionen nehmen.«

Als Lise uns schwitzend und keuchend erreichte und nach dem Erfolg unseres Interviews fragte, meinte ich nur: »Sehr nützlich, wirklich, war echt gut, dass wir so einen Vortest gemacht haben. Wir werden auf jeden Fall ein paar Kontrollfragen in den eigentlichen Test einbauen müssen.«

»Ach, warum denn das?«

Ich schaute zu Tinka rüber, die mit einem verstehenden Lächeln nickte. »Nun, Thomas hat uns darauf gebracht, dass vielleicht nicht alle Fragen wahrheitsgemäß beantwortet werden.«

Wie er das gemacht hatte, behielten wir allerdings für uns.

So ein Hirni!

Lise verabschiedete sich und ich nahm Tinka noch auf einen Kakao mit auf meine Bude. Nun wäre ja eigentlich der zweite Teil fällig, meine Befragung von Tinka. Hm, machte die überhaupt noch Sinn? Na ja, warum nicht? Ich wüsste schon ganz gerne, wie sie sich so ihren Traumtyp vorstellte und was sie von Liebe und Partnerschaft erwartete.

»Magst du denn nun auch noch das Versuchskaninchen abgeben?«, fragte ich daher. »Wir müssen es ja nicht aufnehmen. Aber es wäre schon wichtig für mich, wenn mal jemand die Fragen ernsthaft beantwortete. Würdest du das tun?«

Sie nippte nachdenklich an ihrer Kakaotasse und es war mir klar, dass es ein megagroßer Vertrauensbeweis sein würde, wenn sie es machte.

»Na gut«, erklärte sie sich nach einer etwas längeren Bedenkzeit einverstanden. »Du kannst ja nichts dafür, dass Thomas so einen Mist verzapft hat, und für unsere Zeitung wäre so eine Befragung eine sehr öffentlichkeitswirksame Aktion.« Sie sah ein wenig verlegen an mir vorbei, als sie hinzufügte: »Aber du darfst nicht sauer sein, wenn ich mal eine Frage nicht beantworte, weil sie, ähm, zu intim ist, okay?«

Meine Güte, hatte das Mädchen Ängste! »Ja klar, ist ja nur so zu Übungszwecken und so im direkten Interview ist es ja auch was anderes, als wenn man einen anonymen Fragebogen ausfüllt.«

Sie nickte zustimmend und also legte ich los.

»Gut, dann beantworte mir doch gleich mal die Frage, ob du eine bestimmte Vorstellung von deinem Traumtyp hast, äh, ich meine, wie sollte denn ein Junge sein, der dir gefallen könnte?«

Sie schien ernsthaft ins Grübeln zu geraten. »Meinst du so vom Äußeren? Oder wie?«

Ich schüttelte den Kopf und sagte vage: »Nö, egal, was dir halt so wichtig wäre ...«

»Na ja, so genau habe ich mir da noch keine Gedanken drüber gemacht ...«

Na fein, sie wusste ja auch erst seit zwei Minuten, dass wir das Interview machen wollten! Grrr. Wenn mir jemand das ein paar Tage vorher gesagt hätte, dann hätte ich mich hingesetzt und eine lange Liste gemacht. Was glaubte sie eigentlich, wie viel Zeit ich hatte. Also sagte ich etwas ärgerlich: »Na ja, nimm einfach mal Thomas. Würde er dir vom Typ her gefallen?«

Hm, das war jetzt wohl etwas unsensibel, denn sie kriegte voll den roten Flush und begann herumzudrucksen. »Also, äh, rein vom Aussehen ... er wirkt nicht unsympathisch ... also ... ich meine, er ist groß und sportlich gebaut und ...«, ihre Stimme zitterte ein wenig, »... seine Augen sind wirklich, äh, schön ...«

Ich jubilierte innerlich. Wenn es noch eines Beweises bedurft hatte, dass Tinka in Thomas verknallt war, dann wäre der jetzt aber hundertpro erbracht! *Seine Augen sind wirklich schön!!!* Ich werd ja nicht mehr! Ich musste sehr an mich halten, um nicht zu auffällig meine Freude über diese ultimative Erkenntnis zu zeigen. Und obwohl sich jetzt ja eigentlich weitere Fragen erübrigten, setzte ich das Interview noch ein bisschen fort. Sie sollte ja schließlich nicht merken, dass ich es nur führte, um herauszukriegen, wie ihre Einstellung zu Thomas war.

»Ja, gut«, sagte ich, »und wenn wir jetzt mal auf den Charakter zu sprechen kommen. Ist der dir genauso wichtig wie das Aussehen eines Jungen oder wichtiger oder weniger wichtig?«

Sie wirkte nun ziemlich unsicher, was ich ihr nach dem eben Erlebten nicht verdenken konnte. Charakterlich hatte Thomas ja nun echt nicht geglänzt.

»Eigentlich«, antwortete Tinka denn auch, »eigentlich finde ich ja, dass der Charakter bei jedem Menschen das Wichtigste ist. Das Aussehen spielt für mich keine große Rolle.«

Hm, sah man ja an ihr selber. »Wieso – *eigentlich*?«, fühlte ich ihr aber dennoch auf den Zahn.

Wieder wurde sie rot. »Wegen Thomas«, sagte sie total verlegen. »Ich weiß ja, dass er sich wie ein Idiot benommen hat ... aber ...«, ihre Lider begannen hinter der großen Brille zu flattern, »... ich möchte trotzdem gut mit ihm in der Redaktion zusammenarbeiten ... weil ... er ist sonst doch ...«

»... supernett und ein guter Kumpel?«, vollendete ich

ihren Satz, weil ich befürchtete, dass sie alleine die Kurve nicht kriegen würde.

Sie sah mich erstaunt und ein wenig erleichtert an. »Ja, findest du?«

»Ich schon und du?«

Sie nickte. »Ja, im Grunde finde ich das auch. Wie er dich damals in die Jungenschule geschmuggelt hat, das war schon sehr mutig und, äh, richtig cool.«

Ich merkte, wie ich zunehmend die Basis des Fragebogens verließ und mit Tinka in ein sehr privates Gespräch über Thomas geriet. »Findest du, dass er ein guter Tanzpartner ist?«

Sie lächelte und wirkte dabei direkt ein wenig verträumt. »Thomas macht das wirklich gut. Er scheint eine richtige Begabung fürs Tanzen zu haben.«

Ach, das wunderte mich nun aber, soweit ich mich erinnerte, war er mir ziemlich oft auf den großen Zeh gelatscht. Ich sagte Tinka das und fügte lachend hinzu: »Vermutlich passt ihr beide einfach besser zusammen! Er wird schon wissen, warum er mich stehen gelassen hat, um dich abzuklatschen.«

Rot war nun kaum noch der passende Ausdruck für ihre Gesichtsfarbe. Es sah aus, als stünde die ganze Tinka in Flammen. Waren es die Flammen der Liebe?

Was sonst, meinte meine innere Stimme. *Das die total in Thomas verliebt ist, ist ja wohl mehr als offensichtlich.*

Und weil ich dieser Analyse nun vollkommen zustimmen musste, war es an der Zeit, das Interview zu beenden. Ich schaute demonstrativ auf die Uhr. »Ach je, schon so spät! Ich glaube, Tinka, ich habe nun erst mal genug Material. Wenn ich den Fragebogen fertig habe, können wir ihn ja mit Thomas zusammen noch mal Punkt für Punkt durchgehen, bevor wir ihn verteilen.« Ich stand auf und ging zu meinem Schreibtisch, um den Notizblock abzulegen. Dabei fiel mein Blick auf das Mathebuch. »Ach, wo du schon mal hier bist, Tinka, könntest du mir vielleicht noch ganz schnell bei den Matheaufgaben helfen?«

Ich merkte, wie Tinkas Gesicht langsam wieder etwas blasser wurde. Offenbar war sie dankbar, dass ich mit meiner Mathefrage wieder zur Normalität überging und sie aus dem emotionalen Stress herausholte, den sie wohl mit ihrer heimlichen Verliebtheit hatte.

Und als wir uns gemeinsam über die Gleichungen hermachten, dachte ich zufrieden, dass sich die Aktion wirklich gelohnt hatte. Das wäre doch gelacht, wenn wir Thomas und Tinka nicht zusammenbringen würden!

Leider nahmen die Dinge bei der Tanzstunde am nächsten Tag einen ganz unvorhergesehenen Verlauf. Irgendwie lag von Anfang an eine knisternde Spannung in der Luft, was auch Daniel spürte.

»Bad vibrations«, meinte er jedoch leicht ironisch, als ich ihn direkt darauf ansprach. »Schlechte Energie. Vermutlich weil hier in der Aula am Morgen eine Abiklausur geschrieben wurde.«

Nun musste ich lachen. »Na, das erklärt natürlich alles!«

»Wäre aber trotzdem gut, wenn du dich ein bisschen zurückhältst heute«, meinte er grinsend.

Doch diese Ermahnung erwies sich als völlig überflüssig, denn jemand anders hatte sich entschlossen, heute mal den Master of Desaster zu spielen – Blondie, Doreens hünenhafter Tanzpartner mit den lockeren Umgangsformen. Er war wohl, wie die meisten von uns, nicht besonders gut drauf und latschte Doreen ständig auf den Füßen herum. Jedenfalls behauptete sie das. Er leugnete natürlich, was durch die halbe Aula zu hören war.

»Wenn du mich mal führen ließest, wäre das alles kein Problem«, sagte er gerade, worauf Doreen einen schrillen Schrei ausstieß und wie ein Marktweib zu fluchen begann.

»Auuuuu! Du bist wirklich der letzte Tollpatsch! Von wegen führen! Du hast doch überhaupt kein Gefühl dafür, wo du deine Quadratlatschen hinstellst.«

Blondie versuchte mit einem Scherz die Situation zu entschärfen. »Doch, doch«, meinte er und ein megabreites Lächeln verzog seinen Mund dermaßen, dass er fast von einem Ohr bis zum anderen reichte. »Immer auf deine Füße! Die üben einfach eine magische Anziehungskraft auf mich aus.«

Daniel und ich mussten auch grinsen. Da wir unmittelbar neben den beiden tanzten, bekamen wir alles aus erster Hand mit.

Doreen ging natürlich wie immer, wenn sie den Witz nicht selber machte, jeder Humor ab. »Was noch Blöderes ist dir nicht eingefallen!«, zischte sie nur säuerlich. »Ich wollte hier tanzen lernen und nicht das Porzellan für einen Elefanten wie dich abgegeben!«

»Interessante Bildsprache«, flüsterte Daniel mir ins Ohr. »Dass Blondie aber auch so ungeschickt ist!«

Ich zog meinen Fuß seufzend unter dem seinen weg

und sagte mit mildem Lächeln: »Na, da fass dich mal an den eigenen Rüssel!«

Daniel ließ mich los und machte eine scherzhafte Drohgebärde. Dadurch stockte allerdings bei uns der Tanz etwas und Blondie, der um sich herum ohnehin selten etwas wahrnahm, lenkte sich und Doreen genau in uns rein. Und das mit ziemlichem Schwung! Daniel und ich spritzten sofort auseinander, als wir das Verhängnis wie eine Lawine auf uns zurasen sahen, aber ganz konnten wir den Zusammenstoß nicht mehr vermeiden.

Doreen stieß gegen meine Schulter, und als Blondie sie loslassen wollte, ging das nicht, weil sich so ein dusseliger Schal von ihr an seinem Gürtel festgehakt hatte. So wirbelte er sie hinter sich her, als er, nun selbst ziemlich in Panik, aus dem Zentrum des Geschehens an den Rand der Tanzfläche flüchten wollte.

»Bleib stehen, du ungeschickter, hirnloser Affe!«, brüllte Doreen ihn so laut an, dass sie selbst die Musik übertönte und nun auch der Tanzlehrer aufmerksam wurde.

Blondie war nun total von der Rolle und tat genau das Gegenteil. Er versuchte noch schneller von der Bild- und Tanzfläche zu verschwinden, wodurch Doreen stolperte und an dem Schal hinter ihm hergeschleift wurde. Ich würde lügen, wenn ich behauptete, dass ich den Anblick nicht amüsant fand. Ich fand ihn ehrlich gesagt sogar köstlich!

»BLEIB STEHEN DU A…!!!«

Tz, tz, tz! Wenn das Frau Krämer zu Ohren kommt, dachte ich und sah mit Daniel belustigt dem Schauspiel zu.

»Was gibt es, bitte schön? Was ist das für ein Aufruhr dort hinten?«, wollte nun der Tanzlehrer wissen.

Im selben Moment machte es ratsch und Doreens Schal riss auseinander. Einen Teil hielt sie in der Hand, der andere war an Blondies Gürtelschnalle hängen geblieben.

Hm, dachte ich, das wird wohl das letzte Andenken für ihn an Doreen sein. Und damit hatte ich natürlich mal wieder recht. Doreen rappelte sich zornschnaubend auf.

»Dein Tuch ... dein Tuch ... Doreen ...«, stammelte Blondie und lehnte sich erschöpft an die Hallenwand, während er den roten Fetzen von seinem Gürtel abpfriemelte.

»Wisch dir den Hintern damit ab!«, giftete Doreen außerordentlich unfein. »Wir sind geschiedene Leute!« Sie warf ihm noch einen vernichtenden Blick zu und ihre Haare mit einer hochmütigen Geste in den Nacken. Dann stakste sie auf ihren hohen Absätzen zu meiner totalen Verblüffung auf Thomas und Tinka zu.

Die hatten trotz der angespannten Stimmung, die zwischen ihnen herrschte, doch wieder miteinander getanzt und sahen nun dem Streit von Blondie und Doreen fasziniert zu.

Was dann geschah, verschlug mir glatt die Sprache.

Doreen schubste Tinka aus dem Weg, griff nach Thomas' Hand und sagte für alle hörbar: »Du gestattest, dass ich dich abklatsche?«

Und weil der Tanzlehrer das als das Ende der Unterbrechung wertete, stellte er die Musik wieder an und unter seinem Kommando setzten sich alle Paare, voran Doreen und Thomas, erneut in Bewegung.

Links, links und eins und zwei und Wechselschritt ...

Auch Daniel und ich tanzten weiter, aber ich war völlig unkonzentriert und latschte nun meinerseits auf seinen Füßen herum.

»Was ist denn?«, fragte er schließlich leicht angenervt.

»Das fragst du? Hast du nicht mitgekriegt, was da eben passiert ist?« Ich schielte zur Hallenwand rüber, wo Blondie noch immer an der Wand lehnte und an dem Tuchrest herumfummelte. Neben ihm stand eine totenbleiche Tinka, in deren Gesicht Millionen von Sommersprossen rot glühten.

»Blondie hat die Kurve nicht gekriegt«, meinte Daniel locker. »Das muss uns doch nicht aufregen.«

Hatte der ein Nickerchen im Stehen gemacht? »Doreen hat Thomas abgeklatscht!«

»Na und? So was kommt vor.«

Meine Güte, jetzt nervte mich der Junge aber! Kapierte er denn gar nicht, was für ein Akt von Piraterie da eben stattgefunden hatte? »Sie hat sich Thomas gekapert! Hörst du? Sie hat ihn Tinka als Tanzpartner ausgespannt! Nur weil sie sich mit Blondie gezofft hat!« Ich war wahnsinnig empört.

Das verstand Daniel überhaupt nicht. »Dann tanzt Tinka halt mal mit Blondie. Warum regst *du* dich eigentlich darüber auf?«

Ja, warum wohl? Weil Tinka und Thomas meine Freunde waren und Doreen meine beste Feindin? Und vielleicht weil Doreen soeben meine ganzen Pläne für Tinka und Thomas in die Tonne getreten hatte? »Du glaubst doch nicht, dass sie Thomas freiwillig wieder aus ihren Klauen lässt?«, schnaubte ich wütend.

Daniel sah mich nur verständnislos an. »Wäre das schlimm?«

Ich konnte nicht anders. Ich ließ ihn mitten im Tanz stehen und rannte zur Toilette. Im Vorbeilaufen ergriff ich Lises Arm und zog sie mit mir.

Auch sie war völlig fertig. »Er ist mein Bruder! Er weiß, wie ich über diese Schlange denke! Wieso macht er das?«

»Sie hat ihn einfach überrumpelt«, versuchte ich die Sache schönzureden.

Aber Lise befürchtete das Schlimmste. »Die hat sich voll an ihn rangeworfen, und das in dieser Situation!«

»In welcher Situation?«

»Na ja, er mit seinem Liebeskummer! Der greift doch nach jedem Strohhalm.«

Tja, wie es schien, hatte Lise damit wohl recht. Solange der Strohhalm nicht Tinka hieß.

Als wir wieder in die Aula gingen, war die Kursstunde vorbei und Tinka bereits verschwunden. Schade, ich hätte ihr so gerne noch ein paar tröstende Worte gesagt. Jenny und Miri waren mit ihren Jungs ebenfalls schon weg und Thomas und Doreen auch. Nur Daniel hatte treu auf mich gewartet.

»Wollen wir noch etwas unternehmen?«, fragte er lieb.

Aber das Geschehene hatte mich so erschüttert, dass ich zu gar nichts mehr Lust hatte. Ich wollte nur noch mit Lise nach Hause gehen und zusammen mit ihr in Selbstmitleid baden. Das war die einzige entlastende Reaktion, die auf eine solche Gemeinheit möglich war, wenn man nicht aggressiv werden wollte. Also lehnte ich ab. Als ich Daniels traurigen Blick sah, tat es mir allerdings sofort wieder leid, aber dennoch … heute war ich zu nichts mehr fähig. Meine ganzen, in den letzten Tagen so wunderbar gekeimten Hoffnungen, aus Thomas und Tinka ein Paar zu machen, waren mit einem Schlag verdorrt.

»Küss mich«, sagte ich jedoch noch rasch, ehe ich mit Lise losstapfte, »und lass dir niemals einfallen dich von einem anderen Mädchen abklatschen zu lassen.«

Er sah mich leicht irritiert an, weil er wohl immer noch nicht begriff, warum ich dieser Geschichte so viel Bedeutung beimaß, nahm mich dann aber in die Arme und gab mir einen lieben, sanften Abschiedskuss.

»Morgen«, meinte ich dankbar, »lass uns morgen etwas unternehmen. Da holen wir dann alles nach!«

Er nickte. »Tja, ich habe es doch gleich gespürt, dass aus diesem Tag nichts wird: bad vibrations!«

Projekt Tinka

Doreens Aktion blieb natürlich nicht ohne Auswirkungen. Schon am nächsten Morgen in der Klasse triumphierte sie sichtlich, während Tinka blass und unfähig, sich zu konzentrieren, auf ihrem Platz hockte. Das trug ihr – für sie völlig ungewohnt – ein paar deutliche Ermahnungen durch Lehrpersonen und den Spott von Doreens Busennattern ein. Was sie noch mehr deprimierte.

»Na, Aschenputtel, zu früh vom Prinzen geträumt«, lästerte Sabrina und Carmen schlug ironisch vor: »Wirf dich doch selbst mal an die Wand. Könnte ja sein, dass dann aus einer hässlichen Kröte eine Prinzessin wird!«

Nach diesen Frontalangriffen auf Tinkas zartes Gemüt schnatterten sie zufrieden auf Doreen ein, lobten ihre Coolness, nannten Thomas goldig und meinten, dass Doreen und er ja wohl das ultimative Traumpaar abgeben würden. Ich hätte alle drei mit ihren Hohlköpfen zusammenstoßen können!

Ganz schlimm aber kam es dann im Schulclub bei der Sitzung des Vorstandes. Tinka wollte erst gar nicht kommen, was ich durchaus etwas verstehen konnte, aber da es ja mit der Clubzeitung endlich mal weitergehen musste, ließ sie sich schließlich doch überreden. Sie hätte es besser bleiben lassen sollen. Denn sobald sie einen Vorschlag machte, hatte Thomas was daran auszusetzen, und schließlich verstummte sie völlig, während er nur noch gequirlte Elefantenkacke von sich gab.

»Das geht so nicht«, sagte ich nach der Sitzung frustriert zu Daniel. »Die blockieren sich gegenseitig dermaßen, dass nicht eine einzige Entscheidung getroffen wird. Weder Inhalt noch Form der Zeitung liegen bisher auch nur in groben Zügen fest.«

»Stimmt«, pflichtete Lise mir bei. »War wohl doch keine so gute Idee, die beiden zum Zeitungsteam zu machen. Die sind ja wie Hund und Katz!«

Daniel sah das anders. »Ich finde die beiden eigentlich für den Job optimal. Thomas für die Anzeigen und das Geschäftliche, Tinka fürs inhaltliche Programm. Es wäre allerdings gut, wenn es noch eine neutrale Person gäbe, die zwischen den beiden hin und wieder vermittelt ...«

»Und wer, äh, sollte diese dritte Person sein? Du?«, fragte ich.

Aber Daniel lehnte unter heftigem Kopfschütteln sofort ab.

Da war ich aber froh! Den Job musste er sich wirklich nicht noch antun. Es reichte, dass ich ständig zwischen den beiden stand.

»Also ich habe wirklich schon genug am Hacken«, begründete Daniel seine Ablehnung. »Aber ein Kumpel von mir ... vielleicht ... Was meint ihr, könnte ich jemanden von außen reinholen?«

»Was heißt von außen?«, wollte Lise konkreter wissen.

»Na ja, er ist ein etwas älterer Mitschüler. Ich kenne ihn aus der Schach-AG.«

Lise schien alles recht zu sein. Sie wollte, dass das Katz-und-Maus-Spiel zwischen Tinka und Thomas beendet wurde und dass es mit der Clubzeitung weiterging. »Mach doch!«, sagte sie daher aufmunternd. »Wenn er nett ist, was von der Sache versteht und sich durchsetzen kann …«

Daniel griente. »Hm, Superman hatte ich euch eigentlich nicht versprochen.«

Natürlich konnten wir Thomas nicht widerstandslos Doreen überlassen und deshalb war klar, dass Lise erst mal mit zu mir kam, um eine Strategie zu entwickeln. Das war aber nicht so einfach. Nachdem ich schon fast einen Silberstreif am Horizont gesehen hatte, schien der sich nun schlagartig wieder zu verdunkeln. Gerade hatten wir Tinka aus ihrer Jungenphobie herausgeholt und sie war bereit, Thomas und sich eine Chance zu geben, da funkte nun ausgerechnet Doreen dazwischen!

Ich war wirklich maßlos wütend. Und auch Lise war stocksauer. Ihr war es zwar im Grunde egal, mit welchem Mädchen Thomas was anfing. Hauptsache, er schob nicht weiter den Blues und raubte ihr nicht länger mit seinem Liebeskummer den Schlaf. Aber bei Doreen hörte ihre Toleranz auf!

»Es muss ja nicht unbedingt Tinka sein«, meinte sie denn auch. »Aber, dass er mir Doreen antut, das finde ich absolut daneben!«

»Na ja«, versuchte ich sie zu trösten. »Vielleicht war er nur überrumpelt und will gar nichts von ihr. Schließlich hat sie ihn abgeklatscht und nicht umgekehrt! Ich wette im Übrigen, dass Doreen sich Thomas nur an den Hals wirft, um dir eins auszuwischen. Das ist garantiert ihre Rache, weil du sie bei der Klassensprecherwahl geschlagen hast.«

»Hm«, grübelte Lise, »der Gedanke ist gar nicht so abwegig. Sie weiß hundertpro, dass für mich nur das Fegefeuer schlimmer ist als die Vorstellung, dass mein Bruder mit meiner Lieblingsfeindin zusammenkommen könnte.«

»Na, dann klär Thomas mal darüber auf! Bestimmt will er auch nicht nur als Werkzeug in einem abgekarteten Spiel dienen.«

Lise nickte und trabte zuversichtlich nach Hause. Sie hatte natürlich keine Ahnung davon, wie hirnamputiert pubertierende Brüder mit Liebeskummer manchmal sein können.

Thomas war nur die eine Hälfte des Problems, die andere war Tinka. Hoffentlich nahm sie die Sache nicht zu schwer. Das fehlte noch, dass sie sich nun wieder komplett einigelte!

Aber genau das tat sie.

Sie wollte nicht mal mehr zur Tanzstunde kommen und ihren Chefredakteursposten bei der Clubzeitung wollte sie auch niederlegen. Gut, was die Tanzstunde anging, dazu konnten wir sie nicht zwingen, vor allem weil Blondie nun der einzige Junge war, der keine Partnerin hatte. Doch gegen ihr Ausscheiden aus der Redaktion protestierten wir alle schließlich erfolgreich.

»Du darfst eins nicht vergessen«, sagte ich ihr im Vertrauen. »Nicht Thomas hat Doreen abgeklatscht, sondern sie ihn. Sie hat ihn einfach gekapert!«

»Er hätte ja ablehnen können«, erwiderte sie ganz richtig.

Klar, hätte er, das war ja auch meine Meinung, aber irgendwie fand er Doreen wohl tatsächlich attraktiver als Tinka. Das durfte ich ihr natürlich nicht auf die Nase binden und so meinte ich nur: »Der war total überrumpelt, der merkt schon noch, was er sich da eingehandelt hat. Jungen sind bei so was meist ein wenig, ähm, hilflos!«

Sie sah mich erstaunt an.

Deshalb fügte ich noch schnell hinzu: »Also, ich finde, wir sollten Doreen auf keinen Fall das Feld kampflos überlassen! Sie hat Thomas wirklich nicht verdient.«

Das fand Tinka zwar auch, aber sie rechnete sich wohl keine Chancen aus, wieder ins Spiel zu kommen. Außerdem sah sie alle ihre Vorurteile bestätigt, dass Jungen in der Pubertät ziemliche Hohlköpfe sind, die sich nur vom Äußeren eines Mädchens beeinflussen lassen. »Er hat es ja im Interview selbst gesagt«, erklärte sie traurig. »Ich habe ja auch erst gedacht, das ist alles nur Fake. Doch offenbar ist er wirklich kein bisschen besser als die meisten anderen Jungen. Sexbesessen und triebgesteuert!«

Tja, harte Worte! Womit wir aber wieder mal beim Thema waren: Tinka und ihre Jungenphobie – eine endlose Geschichte.

Aber einen kleinen Lichtblick gab es dann doch: Daniel brachte tatsächlich zur nächsten Sitzung des Schulclubvorstandes seinen Kumpel Johannes mit.

Ich will ja nicht übertreiben, aber wenn mich jemand gefragt hätte, wie Johannes aussah, dann hätte ich spontan »hochbegabt« geantwortet. Okay, wenn der Jemand dann erwidert hätte, dass das doch wohl keine Beschreibung sei, weil ja schließlich niemandem auf die Stirn geschrieben stehe, was er im Kopf habe, so hätte ich dem wohl zustimmen müssen. Im Allgemeinen jedenfalls. Im Besonderen bestätigte die Ausnahme hin und wieder ja doch die Regel. Siehe Tinka.

Ja, also Johannes. Er war mittelgroß, reichlich schlank, fast ein wenig dürr, und hatte lockige rotblonde Haare. Ich betone es bewusst noch mal: lockige Haare, rotblond! Bei einem Mädchen wie mir passten rote Powerlocken ja noch so gerade. Aber ein blasser, rothaariger Typ mit Kringellocken? Nee, ging ja gar nicht! Es sei denn, er machte sich einen Afro draus. Dann sah er in etwa so aus wie Jimmy Hendrix, die Rocklegende der Siebziger, dessen Poster an Mamas Arbeitsplatz nostalgisch vor sich hin schimmelte. Der hatte allerdings nicht so eine kleine, schwarze Brille mit runden Gläsern auf der langen Nase.

Meine Güte, wo hatte Daniel den denn aufgegabelt!

»Ein Freund von mir aus der Schach-AG«, sagte der gerade, was sofort mein Erinnerungsvermögen wieder in Gang setzte. »Leider schlägt er mich laufend. Er ist in der 9L und gibt mir auch etwas Lateinnachhilfe. Er ist ein sehr guter Schüler.«

Nun, das hätte Daniel wirklich nicht mehr zu sagen brauchen. Bei dem Aussehen hatte ich das vorausgesetzt!

Johannes' Mund war im Verhältnis zu seiner Nase

eher klein. Als er ihn jetzt zu einem zugegebenermaßen sehr freundlich wirkenden Lachen öffnete, blitzten sehr ebenmäßige weiße Zähne darin. Überhaupt machte der Typ einen gepflegten Eindruck. Seine Klamotten waren schlicht, aber von einem guten Label und sein Auftreten war zurückhaltend, aber angenehm und nicht schüchtern. An Minderwertigkeitskomplexen schien er trotz seines, ähm, sagen wir mal, etwas speziellen Aussehens nicht zu leiden. Da schien er so eine Art männliches Gegenstück zu Lise zu sein.

Die wieherte ihn natürlich auch sofort begeistert an. »Wir sind dir ja so dankbar, dass du das Team der Clubzeitung verstärken willst!«

Dass er als Prellbock zwischen Tinka und Thomas dienen sollte, verschwieg sie allerdings. Na ja, sie wollte den Typ ja nicht gleich wieder in die Flucht schlagen.

»Ich danke euch, dass ihr an mich gedacht habt«, antwortete Johannes höflich. »Journalismus und grafisches Gestalten mit dem PC sind zwei Leidenschaften von mir. Die Chance, die mal richtig auszuleben, konnte ich mir natürlich nicht entgehen lassen. Nicht wahr, Kumpel?!« Er grinste Daniel an.

Der lachte nun ebenfalls. »Pass nur auf, dass nicht noch ganz andere Leidenschaften dazukommen«, sagte er, legte seinen Arm um mich und gab mir einen Kuss. »Dieser Club ist voller süßer Evas. Da ist jeder Mann höchst gefährdet!«

Johannes lief an den Ohren, die nicht eben klein waren, leicht pink an, lachte aber dennoch über Daniels Scherz. Ein näheres Eingehen darauf blieb ihm dann erspart, denn Tinka und Thomas betraten den Clubraum und waren – anders ging es bei den beiden wohl nicht mehr – mal wieder in ein heftiges Streitgespräch verwickelt. Offenbar drehte es sich um mögliche Inhalte der Clubzeitung.

»Das ist doch viel zu hochgestochen!«, schimpfte Thomas. »Du intellektualisierst das Blatt! Wir geben nicht *Die Zeit* heraus.«

»Aber auch nicht die *Bildzeitung*. Was du dir so vorstellst, ist prollig. Nur Sport und Witze!«

Johannes starrte die beiden durch seine runden Brillengläser fasziniert an und grinste dabei breit.

»Das findest du amüsant?«, fragte ich verständnislos, denn mich nervten die beiden nur noch. »Die kommen doch vor lauter Diskutieren überhaupt nicht mehr zur Arbeit.«

»Ein Mediator könnte da wirklich nicht schaden«, sagte Johannes leise und zustimmend.

»Ein – *was*?«

»Ein Mediator. Jemand, der die Diskussion lenkt, Argumente versachlicht, bündelt und das Team wieder arbeitsfähig macht.« Er sah mich mit ironischem Lächeln an. »Ein Typ wie ich halt.«

Na, an Selbstüberschätzung litt der ja wohl gar nicht! Aber mir sollte es recht sein. Daniel wusste sicher, warum er den angeschleppt hatte, und mir war nur eins wichtig: dass die Clubzeitung endlich in die Hufe kam.

Und das Wunder geschah.

Thomas lehnte erst mal jede Hilfe von Johannes ab. Dann stellte sich heraus, dass der wirklich ein supberguter Layouter war, der aus dem Nichts heraus komplette Zeitungsseiten am Computer entstehen lassen konnte –

mit Überschriften, Blocksatz und Fotos und Karikaturen zwischen den Artikeln. Nun musste auch Thomas den Wert des neuen Teammitglieds anerkennen. »Aber ich bleibe der Herausgeber!«, verlangte er abschließend, während Tinka sofort bereit war zugunsten von Johannes vom Chefredakteursposten zurückzutreten.

Johannes war jedoch die Bescheidenheit in Person. »Ernennt mich meinetwegen zum stellvertretenden Chefredakteur, das ist mir nicht wichtig. Hauptsache, alle arbeiten gut zusammen«, wiegelte er ab.

Nun, das würden wir sehen – die Chancen dafür waren jedenfalls deutlich gestiegen! Besonders Tinka schien endlich das Gefühl zu haben, dass auch ihre Ideen mal Beachtung fanden. Daher wunderte es mich kaum, als ich sie nach der Sitzung mit Johannes davongehen sah. Sie waren in ein eifriges Gespräch vertieft.

Thomas warf den beiden einen schwer zu deutenden Blick nach. Wenn ich ihn beschreiben sollte, so würde ich am ehesten sagen, dass er ziemlich verwundert wirkte.

Am Nachmittag nach den Hausaufgaben rief Lise mich an. »Los«, kommandierte sie mich ab, »komm sofort zum Rhein! Ich muss mit dir reden.«

Ich sah Lise schon von Weitem antraben. Sie hatte Joggingklamotten an, und als sie mich erreicht hatte, meinte ich neugierig: »Also spuck's aus, was gibt es Dringendes?«

»Ich fürchte«, stieß sie total geknickt hervor, »Thomas steht wirklich auf Doreen! Jedenfalls scheint er sich durch ihr Interesse total geschmeichelt zu fühlen. Besonders natürlich weil Tinka ihm so offensichtlich die kalte Schulter zeigt. Keine gute Taktik von dem Mädchen!« Sie seufzte tief und klangvoll.

»Oje!«, entfuhr es mir. »Er kann doch nicht wirklich auf so eine falsche Schlange stehen!?«

Lise zuckte mit den Schultern. »Also klar äußern wollte er sich dazu nicht. Aber er meinte, das sei doch wohl ganz allein sein Bier, und ob ich sie leiden könnte oder nicht, sei ihm völlig schnuppe.« Sie seufzte erneut. »Ein bisschen mehr Familiensolidarität hätte ich von ihm schon erwartet. Ausgerechnet mit meiner Erzfeindin muss er ja nun nicht gerade was anfangen!«

Ich war nun aber total alarmiert. »Du glaubst, er will tatsächlich was mit ihr anfangen? Begreift er denn nicht, dass Doreen nur ein Spiel mit ihm treibt? Ich wette, sie hat gar keine ehrlichen Absichten mit ihm.«

Lise wirkte deprimiert. »Na ja, er fühlt sich natürlich geschmeichelt, dass sie sich so an ihn ranwirft. Sie ist halt schon attraktiver als Tinka und bei seinen Kumpels kann er mit einem hübschen Mädchen sicherlich mehr Eindruck schinden. Darauf kommt es ihm wohl hauptsächlich an. Die haben ihn wegen Tinka schon ganz schön gehänselt. Neulich hat einer gefragt, ob die schlappe Schnecke Uhu in den Schleimdrüsen habe oder warum er an Tinka kleben bleibe?«

Wie mies, dachte ich und er tat mir plötzlich direkt leid. »Aber, aber das geht nicht!«, meinte ich dennoch. »Dein Bruder und Doreen, das ist eine Zumutung!«

Lise nickte. »Schon der Gedanke, dass sie womöglich auch noch zu uns ins Haus kommt, macht mich total kirre!«

Also blieb nur eins: zurück zu unserer alten Strategie und Thomas mit Tinka verkuppeln. Was allerdings nun viel schwerer werden würde, denn wie sollten wir es schaffen, dass Thomas ein Mädchen wie Doreen stehen ließ, um sich in Tinka zu verlieben? Das war schon ohne Doreens Sirenengesäusel schwierig genug, nun schien es schier unmöglich.

»Natürlich hat Tinka einen viel besseren Charakter«, sagte ich halbherzig, »aber den sieht man ihr ja leider nicht an. Vor allem jedoch hat sie diese komische Abneigung gegen Jungs und die ist nach der Enttäuschung mit deinem Bruder wieder ganz stark geworden. Sie schottet sich richtig ab. Alle gut gemeinten Tipps von uns prallen an diesem Schutzwall einfach ab. Und weißt du, was die Ursache ist?«

Lise sah mich fragend an. »Nee, aber du sagst es mir bestimmt gleich.«

»Tinka reagiert auf Jungs einfach zu empfindlich. Das ist ja schon fast eine Phobie! Wenn sie einen Jungen sieht, dann kriegt sie Liderflattern, rote Flecken und kalte Finger und würde am liebsten türmen. Ich wette, das hat mit dem ständigen Generve durch ihre Brüder zu tun. Die hat sich als einziges Mädchen von den drei Jungs bestimmt immer unterbuttern lassen müssen. Was sie wirklich braucht, ist ein Desensibilisierungstraining.«

Lise blieb der Mund offen stehen. »Ein, ein – *was*?«

»Ein Desensibilisierungstraining!« Ich war richtig stolz auf mich, dass ich dieses schwere Wort tatsächlich zweimal hintereinander fehlerfrei ausgesprochen hatte.

»Und was soll das sein?«

»Also, meine Mutter, die ist doch Journalistin und die hat neulich einen Artikel geschrieben über Menschen, die so ganz spezielle Ängste haben, Phobien eben. Leute, die nicht im Fahrstuhl fahren wollen, weil sie Angst vor kleinen, geschlossenen Räumen haben, oder andere, die nicht über offene Plätze gehen können, weil das bei ihnen Panik auslöst ...«

»Ja, ja, ja«, unterbrach Lise mich. »Nun halt keinen wissenschaftlichen Vortrag, sondern komm zu Potte!« Hatte das Mädchen manchmal eine drastische Art!

»Na gut, also diesen Leuten kann man helfen, indem man ihnen so nach und nach beibringt, ihren Ängsten ins Gesicht zu sehen, das heißt, genau das immer öfter zu tun und auszuhalten, was ihnen eigentlich Angst macht ...«

»Hm.« Lise wirkte nachdenklich. »Willst du Tinka jetzt jeden Tag dreimal durch die Jungenschule scheuchen, oder was?«

Sie mal wieder! Konnte dieses Mädchen denn nie ernst sein?

»Natürlich nicht! Aber siehst du nicht auch, dass sie ihre Scheu vor Jungs in den Griff kriegen sollte? Und wir als ihre Freundinnen können ihr dabei ganz prima helfen. Und dann ...«

»... dann verkuppelst du sie doch noch mit Thomas!« Lise ließ sich einfach nichts vormachen.

»Na ja, wäre jedenfalls ein schönes Nebenergebnis, oder?«

Sie kicherte. »Natürlich liegt mir das Glück meines Bruders am Herzen«, sagte sie. »Und ich würde alles dafür tun, dass es nicht Doreen heißt! Aber warum gerade

Tinka? Gibt es kein anderes hübsches und nettes Mädchen? Eins, das wir nicht erst komplett ummodeln müssen? Es ist ja schließlich auch ein bisschen eilig. Wenn sich Doreen erst mal in Thomas' Herzen und in unserem Haus festgesetzt hat, könnte es zu spät sein. Mir scheint, du bist mit Tinka auf dem Holzweg ...«

Zugegeben, nun war ich ein wenig wütend. »Was passt dir denn an Tinka nicht? Fängst du jetzt auch an, auf Äußerlichkeiten zu gucken?« Langsam nervte mich diese Mein-Bruder-ist-zu-gut-für-Tinka-Haltung. So cool war Thomas nun auch wieder nicht! Aber irgendwie hatte ich mir von Anfang an in den Kopf gesetzt, aus Tinka und Thomas ein Traumpaar zu machen, und weder Lise noch Doreen – die schon mal gar nicht! – würden mich von dieser Idee abbringen. Ich verabschiedete mich von Lise mit den Worten: »Du kannst sagen, was du willst. Die beiden sind einfach füreinander geschaffen. Ich habe das im Urin!«

Lise schaute mich ziemlich erstaunt an. »Na, dann kann ich dir nur einen Besuch beim Urologen empfehlen, normal ist das jedenfalls nicht!«

Hatte ich behauptet, dass dieses Mädchen meine Freundin ist?

War wohl ein Irrtum! Grrr!

Nach dem Abendessen konsultierte ich nicht den Urologen, sondern meine Mutter. Sie saß am Computer in ihrem kleinen Arbeitszimmer und hämmerte ihren nächsten Artikel in den Rechner.

»Sag mal, Mama, diese Sache mit den unnatürlichen Ängsten ... Wie funktioniert so ein Desensibilisierungstraining eigentlich?« Schon wieder hatte ich das Wort korrekt rausgebracht und war nun fest davon überzeugt, dass gleich nach Heiratsvermittlerin Psychologin auf dem zweiten Rang meiner Berufswunschliste stehen würde. Wenn mir komplizierte Fachbegriffe so leicht von der Zunge gingen, war das auf jeden Fall besser als irgendetwas, das mit Mathematik zu tun hatte.

Meine Mutter sah mich erstaunt und tatsächlich mit einer leichten Bewunderung an. »Dass du dich dafür in deinem Alter schon interessierst! Na ja, bist ja ein intelligentes Mädchen.«

Das ging mir ja nun wie Honig runter! Und da meine Mutter mich offenbar mal richtig für voll nahm, erklärte sie mir geduldig und ausführlich, was ein Therapeut mit solchen Leuten anstellt, um sie von ihren Ängsten zu heilen.

»Meinst du, man kann diese Methoden auch bei Menschen anwenden, die Angst vor, ähm, Jungs haben?« Ach herrje, das hätte ich jetzt besser nicht gefragt! Damit versaute ich mir schlagartig mein neu erworbenes, intellektuelles Image bei ihr.

Sie sah mich wirklich ziemlich irritiert an, als sie fragte: »Jungs?«

Ich versuchte die Kurve zu kriegen. »Äh, ja, war nur so ein Beispiel, also ich rede von Menschen, die äh, Angst vor anderen Menschen haben, die … die … also … lieber gar keinen Kontakt haben wollen, weil sie … äh … ja … Angst haben, zurückgewiesen zu werden, weil sie denken, dass sie … äh … hässlich sind oder so, obwohl das ja gar nicht so … äh … sein muss …«

Meine Mutter sah mich scharf an. »Hast du ein Problem in der Hinsicht?«, fragte sie.

Nun konnte ich ganz ehrlich den Kopf schütteln. »Nein, echt nicht! Wirklich nicht, es, es geht um … also … es geht um eine Freundin …«

»Doch nicht Lise?«

»NEIN!« Wie konnte sie so etwas auch nur denken! Erstens war Lise nicht hässlich, auch wenn sie sehr groß war und einen außerordentlich ausgeprägten Unterkiefer und ein Pferdegebiss von ihrem Vater geerbt hatte, und zweitens war Lise ja wohl alles andere als verklemmt! »Natürlich nicht Lise. Es ist ein Mädchen aus meiner Klasse, das du nicht kennst, dem ich aber gerne helfen würde.«

Meine Mutter sah mich nun sehr ernst an. »Leo, so ein Therapeut muss eine lange Ausbildung machen, bevor er diese kranken Menschen behandeln darf, und das ist auch gut so! Man kann nicht einfach jemanden, der zwar den guten Willen, aber überhaupt keine Erfahrung in der Sache hat, auf andere loslassen. Er könnte nämlich trotz bester Absichten ihre Ängste noch verschlimmern.«

Ich merkte, wie in mir der Widerspruchsgeist schon wieder anfing aus seiner Flasche zu kriechen.

»Ich möchte dich darum bitten, davon die Finger zu lassen. Du richtest womöglich nur Schaden an und niemand wird es dir danken.«

Natürlich wird Tinka es mir danken, dachte ich, und Thomas auch. Die, die werden mich abküssen vor Dankbarkeit, wenn ich es schaffe, sie zusammenzubringen, und ganz besonders Tinka wird überglücklich sein, wenn ich sie von ihrer idiotischen Jungenangst befreit habe.

Aber diese Gedanken behielt ich natürlich für mich. Zu meiner Mutter sagte ich nur: »Ja, wahrscheinlich hast du recht. Da sollte man wirklich nur einen Fachmann ranlassen.«

Doch als ich in mein Zimmer hinaufging und auf den kleinen Balkon trat, von dem aus ich bis zum anderen Rheinufer sehen konnte, schoss mir durch den Kopf, dass ich gewissermaßen auch eine Fachfrau war. In Herzensdingen und in coolem Styling kannte ich mich schließlich mittlerweile ganz gut aus! Tausendmal besser jedenfalls als Tinka und so konnte sie doch von meinen Tipps nur profitieren.

Ich setzte mich an meinen Schreibtisch, nahm Blatt und Stift zur Hand und begann einen Therapieplan zu entwerfen.

Dabei war ich mir zu hundert Prozent sicher: Dem Mädchen konnte geholfen werden!

Das fanden Jenny und Miri bei einem Geheimtreffen der *Wilden Rosen,* das ausnahmsweise ohne Tinka stattfinden musste, dann auch. Und sie waren auch bereit, Tinka zu allen möglichen Feten und Events mitzuschleppen, wo sich Jungs herumtrieben.

»Sie muss einfach viel mehr Kontakt zu den Typen kriegen«, meinte Jenny treffend. »Dann wird sie schon merken, dass die meisten total nett sind.«

Und auch Miri, unsere Partybiene, nickte heftig. »Klar, Gelegenheit macht Liebe! Sie muss halt nur aus ihrem Bau rauskommen. Wenn sie erst mal diese allgemeine Scheu vor Jungs überwunden hat, klappt es bestimmt auch mit Thomas.«

»Genau«, stimmte ich den beiden zu. »Dass sich Doreen dem weiter an den Hals wirft, müssen wir unbedingt verhindern! Schon wegen Lise. Das hat sie nicht verdient und der arme Junge auch nicht. Der hat doch keinen blassen Schimmer. Der glaubt, eine neue Eva hält ihm den Liebesapfel hin und in Wirklichkeit ist es die hinterlistige Schlange höchstpersönlich, die ihn nur für ihre Rache ausnutzen will!«

Lise wirkte leicht depressiv, was man von ihr normalerweise überhaupt nicht kannte. Aber auch ich musste einmal tief seufzen, denn es ließ sich halt nicht leugnen, dass Doreen sehr viel besser aussah als Tinka, jedenfalls machte sie mehr aus sich. Und genau das war das Stichwort.

»Tinka muss einfach mehr aus sich machen!«, meinte Miri und fügte gnadenlos offen hinzu: »Sie wird als alte Jungfer enden, wenn sie nicht bald mal die Kurve kriegt. Eine gewisse Veranlagung dazu scheint sie nämlich zu haben.«

»Genau«, fand auch Jenny, die ihrerseits dazu nicht im Mindesten veranlagt schien. »Sie braucht einfach mal eine Motivation, um etwas lebenslustiger zu werden. Und was motiviert ein Mädchen am besten? – Ein Freund! Ich wette, wenn Tinka sich echt mal verliebt, dann ist sie nicht mehr wiederzuerkennen.«

Das war ja voll und ganz meine Meinung und ich war froh, dass Jenny, die ja nicht über mein Insiderwissen verfügte, dennoch zu dem gleichen Schluss gekommen war. Ich hatte schon immer den Eindruck, dass in Tinka eine ganze Menge Power steckte, die sie nur nicht rauslassen wollte – oder konnte. Nun, wir würden ihr jedenfalls dabei jetzt mal helfen!

»Und du, Lise?«, fragte Miri. »Musst du ebenfalls auf die Couch oder warum läufst du noch als Single durch die Welt?«

Uups! Jetzt fuhr mir aber der Schreck in die Glieder. Ich hatte es bisher ja nicht wahrhaben wollen, aber hin und wieder begann ich mir auch über Lise Sorgen zu machen.

Klar, du bist ja auch die Anbandelungsberaterin der Schule, nölte mein Vernunft-Ich.

Aber bevor ich etwas erwidern konnte, meinte Lise nur lachend: »Also an mir soll es nicht liegen! Wenn das mit Tinka und Thomas klappt, bin ich die Nächste, die ihr verkuppeln könnt.«

Na, das war doch mal ein Wort, auch wenn es nicht leicht werden würde! Lise war total in Ordnung, aber eben auch sehr, ähm, speziell! Aber der Mensch wächst ja an seinen Aufgaben. Ich zumindest würde für sie mein Bestes geben.

Nun gut, jetzt ging es jedoch erst mal um Tinka. Was hatte sie, was sie für Thomas begehrenswert machen konnte?

»So auf den ersten Blick eigentlich nichts«, sagte Miri trocken und realistisch.

Ich brauste sogleich auf. »Wieso das denn? Ich finde, dass sie ...« Ich stockte.

»Dass sie – *was*? Warum sprichst du nicht weiter?«, legte Miri sofort den Finger in die Wunde.

Hm, ja, ehrlich gesagt fiel mir auch nichts ein, was sie

auf den ersten Blick für einen Jungen attraktiv machte. Doch! »Sie hat sehr gut entwickelte Brüste …«

Wieherndes Gelächter von allen dreien. »Und wo, bitte schön, versteckt sie die, wenn ich mal fragen darf?«, keuchte Miri schließlich.

Blödes Huhn!, dachte ich etwas erbost, antwortete aber: »Sie, sie hat eben eine etwas schlechte Haltung, das, äh, lässt sich korrigieren … ein bisschen Rückenschule …«

»Na, das verklickere ihr mal!«, blieb Miri skeptisch. »Sie ist, glaube ich, was ihre Person betrifft, ziemlich empfindlich.«

»Ja«, musste ich zustimmen, »das wird nicht leicht sein. In Bezug auf ihren Körper ist sie sehr, sehr eigen …«

»… um nicht zu sagen, etwas verklemmt«, sprach Miri mal wieder ziemlichen Klartext. Im Grunde hatte sie damit ja recht. Es nützte nichts, wenn wir hier um den heißen Brei herumeierten.

»So kann man es auch ausdrücken«, gab ich zu. »Es wäre also unsere erste Aufgabe, ihr ein paar positive Körpererfahrungen zu vermitteln.«

»So ein Wellness-Weekend wäre bestimmt was für sie«, empfahl Jenny. »Meine Mutter hat das neulich von ihren Freundinnen zum Geburtstag geschenkt gekriegt und war richtig hin und weg. Hat ihr total gefallen und sie war wirklich, als sie wiederkam, völlig relaxed.«

Lise wieherte plötzlich auf, als hätte sie eine Erleuchtung gehabt. »Wir machen das!«, rief sie. »Unbedingt! Es muss auch gar nicht teuer sein und …«, sie kicherte, was aber eher wie ein Wiehern klang, und bleckte dabei ihr megaweißes Pferdegebiss, »… ich lade euch alle dazu ein!«

Wir starrten sie völlig verdutzt an. Genauso gut hätte sie sagen können, dass der Mond aus Schweizer Käse bestehe oder aus Vanilleeis!

»Nun guckt nicht so verdattert. Ist doch alles ganz einfach: Wir machen das Wellness-Weekend bei mir! Kaum Kosten und jede Menge Spaß!«

»Bei dir?!«, riefen wir alle wie aus einem Munde.

»Klar, wozu haben wir denn eine Sauna und einen Whirlpool im Keller. Wird eh alles viel zu wenig genutzt.«

Ich erstarrte. Dieser Gedanke war ja so was von faszinierend!

»Ich lade alle *Wilden Rosen* ein und dann muss Tinka auch kommen. Wir bringen sie mal richtig schön zum Relaxen und verpassen ihr voll das traumhafte Körpergefühl!« Lise war selbst total begeistert von ihrer Idee und ich musste wirklich zugeben, das hatte was! Ach Quatsch, es war oberaffengeil!

Und da wir uns darin alle sehr schnell einig waren, guckten wir gleich einen passenden Termin aus, an dem wir alle bei Lise übernachten konnten. Außerdem überlegten wir, was wir noch im Drogeriemarkt kaufen mussten, um aus diesem Wochenende eine richtige Wohlfühlorgie zu machen.

Massageöl, Körperpeeling, Bodylotion, Duftöl für die Aromatherapie, Vanilleschaumbad und natürlich jede Menge Vitaminsäfte sowie Obst und Salat, denn ein karges Menü zum Entschlacken gehörte natürlich auch dazu.

»Gurken«, meinte Miri, »viele Gurken. Die kann man in den Salat tun und für Gesichtsmasken verwenden.«

»Eselsmilch«, schlug Lise unernst vor. »Darin hat Kleopatra immer gebadet und es heißt, sie hätte danach durch ihre Schönheit sogar Cäsar verzaubert.«

»Okay, dann schaff mal eine Wanne voll für Tinka ran«, meinte Jenny und kam damit zum eigentlichen Grund dieses Events zurück.

»Und wer sagt es Tinka?«, fragte Lise denn auch gleich.

»Niemand«, antwortete ich. »Lise, du machst für uns alle Einladungen, die du uns alle gleichzeitig in der Schule gibst. Das sieht dann nicht so aus, als hätten wir das ohne sie abgesprochen. Und außerdem kann sie ja schlecht als Einzige absagen.«

Das hielten alle für einen guten Vorschlag und wir trennten uns im Bewusstsein, mal wieder etwas richtig Tolles angeschoben zu haben. So betrachtet war unser Mädchenclub der *Wilden Rosen* viel kreativer als der *Girls&Boys-Club*. Na ja, das konnte ja noch werden. Die Clubzeitung war schon mal ein guter Anfang, und seit Johannes dabei war, schien die Sache auch zu laufen. Jedenfalls sah man ihn und Tinka häufig im Clubraum am Computer sitzen und fachsimpeln. Bestimmt würde uns auch noch was anderes Cooles einfallen, um dem Club insgesamt wieder ein bisschen neuen Schwung zu geben.

Ich ging noch mit zu Lise und half ihr, am PC ein paar schöne Einladungen für das Wellness-Weekend zu entwerfen und gleich auszudrucken.

»Lise, du bist einfach super!«, sagte ich zum Abschied, nachdem sie alle Einladungen in ihrem Schulrucksack verstaut und mich noch an die Tür gebracht hatte. »Erstens ist es, was Tinka angeht, eine wirklich gute Tat und zweitens wird es ein Megaspaß!«

»Klar«, nickte Lise. »Dafür werden wir schon sorgen!«

Erst mal war es ein Megaspaß am nächsten Tag in der Schule, das dumme Gesicht von Doreen und ihren Giftnattern zu sehen, als Lise die Einladungen verteilte. Miri und Jenny öffneten sie sofort total auffällig und brachen in lautstarke Begeisterung aus, sodass bald jeder aus der Klasse wusste, dass Lise die *Wilden Rosen* zu einem Wellness-Weekend eingeladen hatte.

»Kommt ihr denn alle?«, fragte Lise und zielte mit dieser Frage natürlich ausschließlich auf Tinka.

Einen Moment schien die sehr unschlüssig zu sein, aber als Jenny sie direkt ansprach: »Du bist doch mit dabei, oder, Tinka?«, überwand sie ihren inneren Widerstand und sagte ebenfalls zu. Dabei schielte sie zu Doreen hinüber und ich hatte den Eindruck, dass es sie ganz besonders freute, dass Doreen sich darüber ärgerte.

Prompt musste die dann auch wieder eine gemeine Bemerkung vom Stapel lassen. »Wellness-Weekend bei Lise-Pferdegesicht«, höhnte sie und dehnte die Worte geziert in die Länge. »Gott, wie aufregend! Aber natürlich, wenn man es so nötig hat wie ihr …« Sie grinste ihre Giftnattern an. »Na ja, die Hoffnung stirbt ja bekanntlich zuletzt.«

Ich hätte ihr glatt eine reinsemmeln können, aber den

Triumph, mich mal wieder vor den Rektor zitiert zu sehen, wollte ich ihr doch nicht gönnen.

Und Lise, der meine unterdrückte Wut nicht entgangen war, sagte auch schon dämpfend: »Da spricht doch nur der Neid aus ihr, Leo. Das lohnt keine Aufregung und schon gar keine Tätlichkeit!«

Ich atmete ein und atmete aus. Ommmmm! Okay, sie hatte recht.

Wir würden sowieso an dem Montag nach dem Wellness-Weekend so cool, relaxed und strahlend schön in die Schule kommen, dass Doreen vor Neid die Krätze an den Hals kriegen würde. Basta!

Giftschlange im Paradies

Am Abend traf ich mich mit Daniel zum Pizzaessen und erzählte ihm von unserem Wellness-Weekend und wie es überhaupt zu dieser Idee gekommen war. Natürlich verriet ich ihm nicht, dass wir Tinka mit Thomas verkuppeln wollten, das war mir doch zu riskant, denn immerhin ging er ja mit Thomas in eine Klasse und die beiden waren schon ziemlich lange befreundet. Aber die Idee, Tinka ein wenig aus der Reserve zu locken, fand er richtig gut.

»Die könnte wirklich etwas mehr aus sich machen«, meinte er. »Getanzt hat sie nämlich gar nicht mal so schlecht, soweit ich das nach den wenigen Runden, die ich mit ihr gedreht habe, beurteilen kann.«

»Doch, doch«, pflichtete ich ihm bei, froh auch mal von einem Jungen etwas Positives über sie zu hören. »Ich glaube, sie ist sehr musikalisch und hat ein gutes Rhythmusgefühl. Das merkt man auch beim Trommeln im Musikunterricht.«

Daniel lachte.

»Es ist wirklich zu blöd, dass Doreen ihr Thomas als Tanzpartner weggeschnappt hat und sie nun überhaupt nicht mehr zum Tanzkurs kommen will«, sagte ich. »Mit Blondie zu tanzen traut sie sich einfach nicht. Der ist ja auch ein ziemlicher, hm, sagen wir mal, Checker!« Tja, und dann schlug wieder die kleine Mutter Teresa in mir zu und meine Angewohnheit, immer und unbedingt allen meinen Freunden in Not helfen zu wollen. »Ähm, Daniel«, begann ich. »Würdest du vielleicht mal mit Tinka tanzen?«

Er sah mich reichlich perplex an.

»Ich, ich meine, es geht doch nicht, dass Tinka nur wegen Doreen jetzt den Kurs nicht abschließen kann …«

»Sie kann doch mit Blondie tanzen«, erwiderte Daniel vollkommen verständnislos.

»Aber wenn sie sich das nicht traut?«

»Und mit mir traut sie sich, oder was?« Er klang nicht gerade freundlich. Offenbar konnte er sich doch etwas Schöneres vorstellen, als mit Tinka seine Tanzstunden zu verbringen.

Na ja, ich ja eigentlich auch. Natürlich würde ich lieber in seinen Armen tanzen als in denen von – würg! – Blondie! Aber es war schließlich für einen guten Zweck! Es war ein Freundschaftsdienst, um Tinka wieder aus ihrer Schmollecke herauszuholen. »Ist doch nur für ein, zwei Stunden, damit Tinka sieht, dass sie den Tanzkurs weitermachen muss. Vielleicht renkt sich das mit Thomas ja ganz schnell wieder ein.« Ich grinste optimistisch. »Nach dem Wellness-Weekend!«

Aber Daniel hatte nach wie vor keinen Bock. »Eine Stunde würde ich das ja mal machen, dir zuliebe«, sagte er. »Aber auf keinen Fall länger. Du bist meine Freundin und ich will mit dir tanzen!«

Das konnte ich ja verstehen und ehrlich gesagt ging es mir nicht anders. Ich fand ja selbst, dass mein Einfall eine Schnapsidee war. Aber da war halt wieder meine berühmte Sturheit und Tinka, die ja nun wirklich in der Luft hing. »Gut«, schlug ich schließlich einen Kompromiss vor. »Dann machen wir das in der nächsten Stunde so, dass du mit Tinka tanzt und ich mit Blondie. In den folgenden Stunden müssen dann eben Jenny, Miri und Lise mal mit Blondie tanzen und ihre Tanzpartner Tinka zur Verfügung stellen.«

»Und du glaubst, das machen die?«

Sicher war ich mir zwar nicht, aber da sie nun mal alle *Wilde Rosen* waren, hieß das ja wohl: alle für eine!

Am Ende machten alle, wenn auch teilweise erst nach heftigem Zureden, mit. Lise, die bisher mit Kai, einem großen Jungen mit unzähligen Pubertätspickeln, aber einem lockeren Humor, getanzt hatte, war die Einzige, die spontan zusagte. Vielleicht weil der Unterschied zwischen ihrem Tänzer und Blondie nicht wirklich groß war. Egal!

Wenn unser Wellness-Weekend Erfolg hatte, würde Tinka auch ohne Eselsmilch in der nächsten Tanzstunde so toll aussehen, dass sie unsere Fürsorge vermutlich gar nicht mehr brauchte und Thomas mit fliegenden Fahnen zu ihr zurückkehrte.

Also sagte ich abschließend: »Macht euch mal keine Gedanken, das ist ja nur eine vorsorgliche Maßnahme, falls das mit Doreen und Thomas länger laufen sollte …«

Sofort mischte sich Lise ein. »Das aber wird es auf keinen Fall! Sonst ziehe ich von zu Hause aus!«

Na dann! Ihre Drohung in Thomas' Gehörgang.

Am nächsten Morgen in der Schule nahm ich Tinka wieder einmal gründlich unter die Lupe. Nun ja. Begeistert war ich nicht über das, was ich sah. Aber ich wusste ja, dass sie ein ganz tolles Mädchen war, das mutig für seine Freundinnen eintrat, auch wenn es ihr selbst Nachteile einbringen konnte.

Sie war sehr klug und ich wäre ohne ihre Unterstützung in einigen Fächern vermutlich gleich im ersten Jahr an dieser neuen Schule kleben geblieben. Da war doch allerlei aufzuholen und ich war froh, dass sie mir unentgeltlich Nachhilfe gab. So richtig Nachhilfe mit Bezahlung hätten wir uns nämlich zurzeit gar nicht leisten können, weil mein Vater in finanziellen Schwierigkeiten steckte und nur sehr unregelmäßig für mich und meinen Bruder Unterhalt zahlte. Da wir bei meinen Großeltern in ihrem schönen Haus wohnten, kamen wir mit Mamas Geld, das sie als freie Journalistin verdiente, zwar gerade so hin, aber solche Extras wie teure Nachhilfestunden waren natürlich nicht drin.

Tinka schaute von ihrem Heft auf, so als hätte sie meinen Blick gespürt. Sie lächelte mich an. Also mochte sie mich doch!, dachte ich. Denn ihr Lächeln schenkte sie nicht jedem.

Bei ihr zu Hause hatten sie es auch nicht so dicke – bei vier Geschwistern und nur einem Hausmeistereinkommen blieb sicherlich nichts übrig. Tinka konnte froh sein, dass sie für die Schule ein Stipendium hatte und nicht auch noch Schulgeld blechen musste. Meins bezahlte meine Oma, weil sie ganz nostalgisch unbedingt wollte, dass ich auf die gleiche Schule ging, auf die sie und meine Mutter auch schon gegangen waren. Na ja, inzwischen hatte ich mich damit ja abgefunden. Wo der Mensch Freunde hatte, da fühlte er sich eben auch wohl und Freunde hatte ich mit den *Wilden Rosen* wirklich. Unser Mädchenclub war echt super und es standen bereits einige andere, die gerne aufgenommen werden wollten, bei uns auf der Matte. Aber das mussten wir uns noch gründlich überlegen. Ein bisschen exklusiv sollte unser Club schon bleiben und wer am Anfang, als es gegen Doreen und ihre Clique ging, nicht mutig genug war, Lise und mich zu unterstützen, der brauchte jetzt auch nicht angekrochen kommen. Und im Übrigen gab es ja für alle nun den *Girls&Boys-Club*.

Heute war in der sechsten Stunde mal wieder ein Treffen für den erweiterten Vorstand angesetzt und ich hoffte, dass Tinka und Thomas auch kommen würden.

Sie kamen tatsächlich und Tinka ließ sich ihren Frust kaum anmerken. Was ich dem positiven Einfluss von Johannes zuschrieb. Sie war tatsächlich Chefredakteurin geblieben und ich hatte fast den Eindruck, dass sie nun anfing, zumindest inneren Widerstand zu entwickeln, und sich sagte: jetzt erst recht! Sie präsentierte zusammen mit Johannes ein supergutes Konzept für die Clubzeitung, das nicht nur Thomas Bauklötze staunen ließ.

Aber auch Thomas hatte schon ein wenig seine Fühler nach Anzeigenkunden ausgestreckt und so schien die Clubzeitung wirklich Realität zu werden.

Dennoch überlegten wir, was wir noch tun konnten, um den *Girls&Boys-Club* für unsere Mitschüler noch attraktiver erscheinen zu lassen.

»Was machen die denn in Amerika immer so in diesen Schulclubs? Vielleicht können wir uns von denen noch was abgucken?«, meinte Jenny.

»Guter Einfall«, lobte Daniel, schaltete den PC ein und ging ins Internet.

Ich stellte mich hinter ihn und schaute ihm über die Schulter. Er fand bei Google eine Adresse, auf der Programme von Schulclubs eingesehen werden konnten.

Hm, Tanzkurs – hatten wir schon –, Leseclub – na ja, konnten wir ja mal anbieten –, Crashkurs zur Versetzung –, war noch zu früh –, Dritte-Welt-Laden – den betreute Schwester Walburga bereits –, Hausaufgabenhilfe – das war ja eigentlich nicht unsere Aufgabe …

»Alles nicht sehr prickelnd«, sagte ich etwas enttäuscht. Da fiel mein Blick auf eine fetzige Seite. »O cool!«, rief ich aus. »Ein Schulfest! Genau, das wäre doch was! Ein gemeinsames Schulfest!«

Lise, Miri und Jenny waren gleichzeitig aufgesprungen und zum Computerplatz gekommen. Auch ihre Freunde Pit und Steffen sowie Johannes kamen interessiert herüber. Alle starrten auf den Monitor und lasen die Schulfestankündigung eines amerikanischen *Girls& Boys-Clubs*, auf der auch zahlreiche Sponsoren genannt wurden.

»Super«, meinte Daniel. »Das ist mal eine echte Herausforderung. So ein Fest zu organisieren würde mir wirklich Spaß machen und bestimmt helfen da auch noch eine Menge von unseren Kumpels mit.«

»Klar, wir müssen Musik und Getränke organisieren und Fressstände und Spiele und …«

»Stopp!«, rief ich dazwischen, weil mir das Wort

Spiele gleich sauer aufstieß. »Wir machen aber kein Babyfest, oder?«

Lise stimmte mir zu. »Siebte und aufwärts«, schlug sie vor. »Der Schulclub ist ja auch erst ab der siebten Klasse.«

Pit griente genießerisch. »Das wird voll die coole Party! Ich kenn einen guten DJ, der legt echt krass auf.«

Na prima! Das hörte sich doch schon mal gut an.

»Okay«, fasste ich zusammen. »Dann müssen wir einen Festausschuss bilden. Wenn sich genügend Leute von beiden Schulen melden, um das Fest vorzubereiten, können wir bei den Schulleitungen vorsprechen und den Ballon steigen lassen.«

»Am besten holen wir erst die Genehmigung von der Max-Planck-Schule ein«, schlug Lise vor. »Die Schulleiterin ist bisher eigentlich immer auf unserer Seite gewesen. Und wenn die ihre Erlaubnis gegeben hat, kann die Annen-Schule ja kaum Nein sagen.«

Das war taktisch sehr clever gedacht. Das Mädchen erstaunte mich doch immer wieder mit seiner Lebensklugheit. Lise war und blieb einfach praxistauglich!

Wir verabredeten, uns erst mal ein paar weitere Gedanken über so ein Schulfest zu machen und mehr Leute für die Vorbereitung anzuwerben. Jenny und Steffen wollten ein paar Plakate fürs Schwarze Brett und Handzettel machen. Tinka versprach, eine Internetseite für den Club zu verfassen, und Johannes wollte sie layouten und ins Netz stellen. Ich grinste. Die beiden schienen ja ein echt produktives Team zu sein!

Daniel und ich erklärten uns dazu bereit, zur Schulleiterin der Max-Planck-Schule zu gehen, um sie um die Erlaubnis für ein solches Fest zu bitten. Wer dann in der Annen-Schule vorsprechen sollte, musste noch überlegt werden. Denn wenn ich da auflief, standen die Chancen nicht allzu gut.

Ich hatte keine Ahnung, warum ich auf manche Lehrer wie ein rotes Tuch wirkte …

Lise grinste, als ich das sagte. »Ich wüsste schon eine Erklärung«, meinte sie und mit einem Blick auf meine roten Powerlocken fügte sie hinzu: »Guck einfach mal in den Spiegel!«

Als ich am Abend nach dem Essen noch über ein paar Aufgaben saß, spukte mir natürlich das Schulfest im Kopf herum und ich konnte mich kaum konzentrieren.

Daher war ich froh, dass sich mein Handy meldete: »Anybody there? Anybody there … «

Ja, ja, zumindest mein Body war in Handynähe.

»Hallo?«

Es war mein Traummann! Na ja, also Daniel. »Weißt du, dass ich dich heute den ganzen Tag kaum gesehen habe?«, fragte er.

»Ach, das wundert mich! Wo hast du denn im Schulclub dauernd hingeguckt? Zu Lise?«

Er kicherte und fragte: »Können wir uns nicht noch kurz treffen? Wir haben gar nicht miteinander geschmust. Das halte ich nicht aus und kriege bestimmt Albträume heute Nacht!«

»Na gut, aber nur wenn es nicht zu spät wird.«

»Versprochen. Ich bin in zehn Minuten bei dir.«

»Ich freue mich!«

»Ich auch. Küsschen!«

Weil es so ein wunderbarer, sternklarer Abend war, beschlossen wir, uns einfach nur auf eine Bank an der Rheinpromenade zu setzen, zu kuscheln, zu knutschen und Sterne zu gucken. Was gab es Schöneres auf der Welt? – Wenig!

Nachdem wir eine Weile miteinander geträumt hatten, fragte ich: »Was glaubst du denn eigentlich, was einem Jungen an einem Mädchen wichtig ist, Daniel?«

Nachdem ich nun die seltsamen Ausführungen von Thomas dazu gehört hatte, interessierte mich natürlich auch die Meinung meines eigenen Freundes.

»Aussehen, Charakter, Humor«, sagte er sofort. »In dieser Reihenfolge.«

»So, so«, meinte ich verblüfft. »Das kann aber nicht ganz stimmen.«

»Wieso nicht?«

»Na, du hast dich in mich verliebt, ohne mich jemals gesehen zu haben. Da kann also das Aussehen keine so große Rolle gespielt haben.«

»Stimmt!«, gab er zu. »Aber das war ja auch eine Ausnahmesituation. Normalerweise schaut ein Junge schon hin, ob ein Mädchen hübsch und sexy ist.«

»Und wenn es das auf den ersten Blick nicht ist? Hat sie dann überhaupt noch eine Chance?«

»Klar, richtig verlieben tut man sich doch erst auf den zweiten oder dritten Blick. Eine Liebe auf den ersten Blick ist doch eine ziemliche Ausnahme und außerdem endet sie ja häufig in einer fetten Enttäuschung, weil sie einem zweiten Blick sehr oft nicht standhalten kann.«

»Du sprichst aber nicht aus Erfahrung?«, fragte ich, nun doch etwas misstrauisch geworden.

»Doch, klar, hab ja bei einigen Kumpels miterlebt, wie's schiefgelaufen ist.«

»Bei einigen Kumpels?«

»Ja. Nimm mal Johannes. Der ist echt ein gebranntes Kind. Der hatte sich in ein Girl aus der Zehnten verliebt und erst war auch alles easy. Dann hat sie ihn wegen eines Urlaubsflirts verlassen! Hätte er ihr so auf den ersten Blick auch nicht zugetraut.«

Ach, der Ärmste!, dachte ich. Offenbar schien es mit der Liebe ja nicht so einfach zu sein. Außer bei mir! Ich schenkte Daniel einen liebevollen Blick und wechselte das Thema: Schulfest.

Dafür war Daniel sowieso Feuer und Flamme und so schlug er auch gleich vor: »Wir sollten versuchen außer dem DJ auch noch eine Liveband für das Schulfest zu organisieren. Was hältst du denn von den *Krassen Fünf*?«

Daniel war ja ein Scherzkeks! »Die *Krassen Fünf*? Die stehen doch auf Platz sieben von *Top of the Pops*. Sind die nicht schon zu populär, um noch auf irgendeinem Schulfest zu spielen?«

»Was heißt auf *irgendeinem* Schulfest. Das ist das erste gemeinsame Schulfest der Max-Planck- und der Annen-Schule. Ein Ereignis von historischem Ausmaß! Das ist wie ein zweiter Mauerfall! Nur ein bisschen kleiner.«

Ich grinste. Der litt ja wohl gar nicht an Größenwahn! Aber als Daniel dann noch hinzufügte, dass er den Leadgitarristen der *Krassen Fünf* seit der Grundschule kennen würde und sogar zu seinen Freunden zählte, gab ich seiner Idee, die Jungs für unser Schulfest zu gewinnen, sogar gute Chancen. Liebes Lieschen, würde das bombastisch werden! Und wenn dann noch massenhaft prominente Ehemalige kämen, fiel bestimmt auch die eine oder andere Spende ab, die uns helfen würde, das Ganze zu finanzieren und vielleicht sogar mit dem Rest dem Schulclub unter die Arme zu greifen.

»Okay«, sagte ich schließlich, »dann sollten wir möglichst bald zu eurer Direx gehen wegen der Erlaubnis für das Fest.«

»Wie wäre es gleich morgen?«, schlug Daniel vor. Klar, der wollte jetzt auch Nägel mit Köpfen machen!

Ich nickte und drückte ihm einen dicken Abschiedsschmatzer drauf. »Gut, dann komme ich in der großen Pause zu euch rüber.«

Natürlich hatte ich mir dabei mal wieder gar nichts gedacht, aber Doreen kriegte blöderweise mit, wie ich das Schulgelände verließ, und musste mich natürlich sofort bei Frau Krämer verpetzen.

Das Schulgelände verlassen durften nämlich nur die Oberstuflerinnen. Doch ich war schließlich in offizieller Mission unterwegs gewesen, also konnte eigentlich niemand meckern, auch Frau Krämer nicht. Und da meine Mission sogar außerordentlich erfolgreich gewesen war und wir wie erwartet die Genehmigung der Direktorin der Jungenschule problemlos bekommen hatten, sah ich nun gar nicht ein, warum ich mich wegen dieser Petze von Doreen schon wieder mit Frau Krämer streiten sollte.

Also sagte ich mit aller mir zur Verfügung stehenden Freundlichkeit: »Ich habe das Schulgelände nur verlassen, weil ich zu einem Gespräch in die Max-Planck-Schule musste.«

»Ach, Gespräch nennt man das jetzt, wenn du da drüben in der Pause mit deinem Freund rumknutschst!?«, giftete Doreen.

Frau Krämer fand diesen Zwischenruf allerdings überhaupt nicht gut. »Mäßige dich etwas, Doreen. Deine Meinung ist im Moment nicht gefragt.« Dann wandte sie sich wieder mir zu. »Was war das für ein Gespräch?«, wollte sie wissen.

»Ein Gespräch mit der Schulleitung.«

Sie sah mich erstaunt und sogar ein wenig geschockt an. »Was hast du schon wieder angestellt, dass du nun sogar schon von der Schulleiterin der Max-Planck-Schule einbestellt wirst?«

Ach herrje, was hatte sie bloß für eine schlechte Meinung von mir! Völlig unbegründet natürlich!

Und so klärte ich sie denn auch ganz schnell auf. »Der Schulclub plant ein Schulfest, und zwar ein *gemeinsames* Schulfest der Jungen- und der Mädchenschule. Natürlich wollten wir dazu erst einmal die Erlaubnis der Schulleitungen einholen«, informierte ich unsere Lehrerin möglichst umfassend. »Was die Max-Planck-Schule angeht, haben wir soeben das Okay bekommen.« Und ein wenig frech fügte ich hinzu: »Wir können doch sicher davon ausgehen, dass auch die Annen-Schule dem Schulfest zustimmt, was meinen Sie, Frau Krämer? Soweit ich weiß, ist deswegen gerade eine Delegation des Schulclubs bei unserem Rektor.«

Frau Krämer meinte offenbar gar nichts. Sie starrte mich nur erschüttert an und murmelte schließlich reichlich unkonkret: »Das wird die Konferenz entscheiden.« Dann setzte sie sich hinter den Lehrertisch, schlug das

Lektüreheft auf und forderte Miri auf, mit dem Vorlesen zu beginnen.

Die war ein Ass in Französisch und bald lullte uns ihre melodiöse Vortragsweise ein, sodass ich mich ganz meinen Träumereien hingab. Sie können machen, was Sie wollen, Frau Krämer, dachte ich, irgendwann wird die Mauer zwischen unseren Schulen ganz fallen, und wenn wir wie die Mauerspechte Stein für Stein einzeln herausbrechen müssen!

Die Konferenz geruhte jedoch nicht, sich schnell zu entscheiden. Also hieß es, sich in Geduld zu üben und erst mal abzuwarten.

Einen Antrag auf Erteilung eines Antragsformulars …

Diese Warterei nervte mich ganz schön, denn am liebsten hätte ich sofort angefangen, das Fest zu organisieren. Das war ja so was von prickelnd, besonders weil Daniel auch ganz engagiert mitmachte und wir uns gegenseitig mit coolen Ideen überboten.

Na gut, ließ sich halt nicht ändern!

Etwas anderes nervte mich mindestens genauso heftig: die nächste Tanzstunde! Mir graute davor, mit Blondie durch die Aula schwofen zu müssen. Aber ich hatte Tinka versprochen, dass Daniel mit ihr tanzen würde, und nur deswegen war sie überhaupt bereit zu kommen. Tja, da musste ich wohl in den sauren Apfel des Partnertausches beißen! Versprochen ist versprochen und wird auch nicht gebrochen.

Liebes Lieschen! Blondie! Ausgerechnet. Der galt als absoluter Nullchecker, und dass Doreen an ihm hängen geblieben war, hatte mich sehr gewundert, aber insgeheim auch recht schadenfroh gestimmt. Man soll sich im Leben jedoch nicht zu früh freuen: Nun schauten alle mich mitleidig an, als der Typ seine langen Arme um meinen Body schlang und seine Hufe wohlberechnet auf meine empfindlichen großen Zehen platzierte. Auuuuu! Wenn ich für diesen großherzigen Freundschaftsdienst nicht wenigstens eine anständige Anzahl an Bonuspunkten im Himmel gutgeschrieben bekam, würde ich Beschwerde beim lieben Gott einlegen. Ein ganz kleiner Heiligenschein musste eigentlich schon drin sein!

Nun ja, Tinkas glänzende Augen waren ja auch schon eine nette Belohnung. Wie die so glücklich in Daniels Armen über die Tanzfläche schwebte, da konnte einem schon das Herz aufgehen. Hoffentlich war ihr klar, dass das nun kein Dauerzustand sein konnte. Mehr als eine Stunde mit Blondie war wirklich nicht auszuhalten. Der Junge hatte ja überhaupt kein Rhythmusgefühl, und was seine Führungsqualitäten betraf – bei dem war es eindeutig besser, wenn die Dame führte, denn er war einfach nicht in der Lage, sich auch nur die einfachste Schrittfolge zu merken.

»Links«, machte ich also nun jeweils die Ansage. »Den anderen Fuß. Zurück, nicht vor. Halbe Drehung, Seit und Schluss!«

Er blieb abrupt stehen und ließ mich los.

»Nicht Schluss der Tanzstunde! Schluss der Tanzfigur, Fußschluss, hey! Füße zusammen!« Meine Güte! War ich seine private Tanzlehrerin? Musste man dem Typ denn alles dreimal sagen?

Ja, musste man.

»Ist in der Schule nicht anders. Der kapiert nichts auf Anhieb. Aber nur weil er ständig mit seinen Gedanken woanders ist«, meinte Daniel in einer kleinen Tanzpause, die er natürlich sofort nutzte, um zu mir zu kommen.

»Und? Wie tanzt Tinka?«, fragte ich ihn gleich aus.

»Gut, da gibt es echt nichts zu meckern. Sie lässt sich gut führen und begreift alles ruck, zuck.« Er grinste. »Schneller als ich manchmal.«

Das freute zumindest Steffen und Pit, die ja nach unserer Absprache in den nächsten beiden Stunden mit Tinka tanzen sollten.

Als es weiterging, ermahnte ich Daniel: »Aber vergiss nicht, du bist mein Tanzpartner und nur ausgeliehen. Nicht, dass Tinka dich mir ausspannt!«

Die Chance hatte sie wohl nicht, denn Daniel sagte grinsend: »Tanzen ist nicht alles! In mein Paradies gehört nur eine Eva und die bist und bleibst du.«

Schön zu wissen.

Thomas und Doreen war natürlich nicht entgangen, dass Blondie mit mir tanzte und Daniel mit Tinka und so musste Doreen mal wieder eine ihrer gefürchteten zynischen Bemerkungen ablassen. »Na, Leonie«, zischte sie im Vorbeitanzen, »wie viele Nachhilfestunden in Mathe gibt Tinka dir denn dafür, dass du ihr deinen Typ überlassen hast?«

Grrr!

Das Mädchen war echt nicht dumm, Mathenachhilfe im Tausch gegen einen netten Tanzpartner – keine unintelligente Idee. Aber es war schon eine Frechheit, mir so etwas zu unterstellen, und natürlich konnte ich das nicht so stehen lassen.

»Irrtum, Doreen«, gab ich also sofort zurück. »Da liegst du völlig falsch. So nötig habe ich es nämlich nicht. Wenn es danach ginge, wäre Thomas besser bei Tinka geblieben. Soweit ich weiß, ist er überhaupt keine Leuchte in der Schule.«

Es tat mir zwar leid, dass ich nun Thomas schlechtmachen musste, aber er hatte es im Grunde auch nicht besser verdient. Wer sich freiwillig von Doreen einwickeln ließ, mit dessen Intelligenzquotienten konnte es wirklich nicht zum Besten stehen!

Klar, dass er das nicht auf sich sitzen lassen wollte. Er hob zu einer unfreundlichen Erwiderung an, als plötzlich Daniel, der offenbar den Disput zwischen mir und Doreen von fern mitbekommen hatte, mit Tinka angetanzt kam, stehen blieb und mit den Worten: »Darf ich mal?«, völlig unvorhergesehen Doreen abklatschte.

Tinka und ich starrten uns einen Moment reichlich perplex an, dann stand Daniel mit Doreen vor mir und sagte: »Kann ich Leo mal abklatschen?« Und ehe Blondie noch reagieren konnte, rupfte Daniel mich ihm aus den Armen und schwofte mit mir davon. Zurück blieb eine wutschnaubende Doreen, die er auf diese Art sehr elegant wieder zu Blondie zurückgebracht hatte.

Ich hörte noch, wie sie ihn angiftete: »Nimm die Finger von mir!« Dann tauchte ich mit Daniel in der Masse der anderen Paare unter.

Auch Tinka und Thomas waren wohl einen Moment ziemlich überrumpelt, tanzten jedoch nach einer Ermahnung des Tanzlehrers, den Verkehr nicht aufzuhalten, erst mal zusammen weiter.

»Was war denn das für eine obercoole Aktion?«, fragte ich Daniel, während wir unsere Pflichtfiguren tanzten.

Er lachte. »Ach, ist mir einfach so eingefallen. Eigentlich wollte ich ja nur mit dir tanzen, dass Tinka nun mit Thomas tanzt und Doreen mit Blondie sind zwei schöne Nebenergebnisse.«

Ich sah ihn skeptisch an. So wie ich den Jungen einschätzte, war das alles ganz genau berechnet. Und das sagte ich ihm auch.

Er grinste noch breiter. »Wie du meinst. Es schmeichelt mir echt, dass du mir so viel strategisches Denken zutraust.«

Auch Lise, Jenny und Miri fanden die Aktion von Daniel total cool und nahmen sich vor, es beim nächsten Mal mit ihren Jungs genauso zu machen. So kam es, dass in den folgenden Wochen Doreen die Tanzstunde zwar stets mit Thomas begann, aber nach kurzer Zeit und taktisch geschicktem Abklatschen dann doch bei Blondie landete, während Tinka das Vergnügen hatte, mit Thomas zu tanzen. Und da der Tanzlehrer das Abklatschen als störend empfand, gestattete er grundsätzlich nur eine Abklatschaktion pro Stunde und die auch ausschließlich – außer bei Damenwahl – durch die »Herren«. So blieb Doreen immer wieder an Blondie kleben und wir lachten uns schadenfroh ins Fäustchen.

Zwar hatten wir es damit geschafft, dass Thomas und Tinka doch immer wieder zusammen tanzten, aber unsere Hoffnung, dass Thomas Doreen komplett den Laufpass geben würde, bestätigte sich leider nicht. Im Gegenteil, auf die Austrickserei reagierte er ausgesprochen bockig, kündigte uns seine Freundschaft gänzlich auf und ließ zu Lises Leidwesen Doreen sogar mit auf seine Bude.

Schließlich wurde es Lise zu bunt. Sie packte einen Koffer mit ihren wichtigsten Klamotten und stand eines Abends mit der Bitte, ihr doch Asyl zu gewähren, vor unserer Haustür.

Das war ja mal wieder krass!

»Natürlich kannst du eine Weile bei mir wohnen«, sagte ich, wenn ich auch noch nicht genau wusste, wie das aussehen sollte. Denn ein Gästezimmer, wie sie es zu Hause hatte, konnte ich ihr leider nicht zur Verfügung stellen. »Ich muss allerdings erst mal meine Mutter fragen.«

»Mach nur«, meinte Lise trocken. »Ich schaffe schon mal meinen Koffer in dein Zimmer rauf.«

Na, die war ja spaßig! Die konnte sich ja wohl gar nicht vorstellen, dass meine Mutter vielleicht von so einer Einquartierung nicht gerade begeistert sein würde.

War sie auch nicht, aber verbieten mochte sie es auch nicht, schließlich hatte ich ja schon oft genug bei Lise übernachtet.

Also taperte ich mit der frohen Botschaft nach oben. »Du kannst bleiben, aber wo willst du eigentlich schlafen?«

»Wir könnten meine Matratze rüberholen«, schlug sie vor. »Und auch gleich mein Bettzeug!«

»Und deine Eltern? Werden die nicht sauer, wenn du das halbe Haus ausräumst?«

Lise wieherte. »Halbes Haus ist ja wohl etwas übertrieben. Los, komm!«

So pilgerten wir denn am Rhein entlang zu ihrem Zimmer und schleppten erst die Matratze und dann ihr Bettzeug zu uns rüber.

Als wir ihr Lager eingerichtet hatten, kochten wir Tee und machten es uns gemütlich.

»Danke, Leo«, meinte Lise mit einem Seufzer. »Du bist eine wahre Freundin. Ohne dich hätte ich nach Australien auswandern müssen. Solange diese Natter ihr Gift in unserem Haus verspritzt, setze ich keinen Fuß mehr über die Schwelle!«

Nun ja, dachte ich, war ja verständlich, aber was wurde aus unserem Wellness-Weekend?

»Uups!«, rutschte es Lise heraus. »Das habe ich ja völlig vergessen! Aber okay, das ist kein Problem. Da schlafen wir ja alle oben im Dachatelier. Tun wir einfach so, als wären wir auf einem Urlaubstrip. Es wäre zu schade, wenn wir das Wellness-Wochenende wegen Doreen ausfallen ließen. Schließlich haben wir ja auch schon alles besorgt und vorbereitet.«

Es stellte sich als positiv heraus, dass Lise taktisch geschickt und mit sensibler Rücksicht auf Tinkas Gefühle ein Wochenende gewählt hatte, an dem Thomas mit seiner Handballmannschaft bei einem Punktspiel war, und so hatten wir in jeder Hinsicht sturmfrei. Die Wohlfühl-Orgie konnte ihren Lauf nehmen.

Wohlfühlorgie

Am Samstagmorgen machten Lise und ich uns zu ihrem Elternhaus auf. Wir hatten am Freitagnachmittag noch allerlei Wellness- und Beauty-Artikel in der Drogerie gekauft und waren voll auf Wohlfühlen geeicht. Thomas war tatsächlich schon am Vorabend mit seiner Handballmannschaft abgereist und so bestand auch keine Gefahr, dass er Doreen ins Haus schleppte.

Lises Mutter freute sich, ihre Tochter auch mal wieder zu Gesicht zu bekommen, und nutzte natürlich sogleich die Gelegenheit, um zu fragen, wie lange sie denn eigentlich noch bei mir übernachten wollte. Klar, dass Lise sich bedeckt hielt und nicht sagte: Solange Thomas Doreen mitbringt! Vermutlich hätten ihre Eltern dafür auch recht wenig Verständnis gehabt. Und so antwortete sie nur vage: »Kann ich noch nicht so genau sagen, wir haben ja sooo viel für das Schulfest vorzubereiten ...«

Da ihre Eltern jedes Engagement von Lise förderten, gab ihre Mutter sich damit zufrieden.

Wir gingen in den Keller, machten ein wenig sauber, legten frische Handtücher auf die Liegen im Ruheraum, ließen frisches Wasser in den Whirlpool und das Tauchbecken und heizten die Sauna an. Auf einem kleinen Tisch breiteten wir unsere ganzen Schönheits- und Wellness-Schätze aus und auf einem anderen stellten wir Obstsäfte, Früchte und Leckereien bereit.

Gegen Mittag trudelten dann auch Jenny, Miri und tatsächlich auch Tinka ein. Jenny hatte einen Stapel Frauenzeitschriften mitgebracht, in denen jede Menge Beauty-Tipps zu finden waren. Von kleinen Tricks und Kniffen, mit denen frau das Beste aus sich machen konnte, bis zur kompletten Typveränderung.

»Los, los!«, scheuchte Lise die Neuankömmlinge gleich aus den Klamotten. »Macht euch frei! Die Sauna ist schon heiß.«

Hm, wenn ich ehrlich war, hatte ich noch nie das Vergnügen und auch Miri, Jenny und Tinka verfügten ebenfalls über keine Saunaerfahrung.

»Ach herrje!« Lise lachte wiehernd. »Ist aber kein Problem.«

War es dann doch. Als sie uns den Ablauf der Saunagänge erklärte und dabei am Rande erwähnte, dass man sich splitterfasernackt in die Sauna zu begeben habe, kriegte Tinka einen reichlich roten Flush. Zwar hatten wir das alle gewusst, aber überhaupt nicht darüber nachgedacht, wie es sein würde, das auch selbst zu praktizieren. Gut, für mich war das kein Problem. Ich duschte auch nach dem Sport immer nackt. Wenn ich es allerdings so recht bedachte, hatte sich Tinka davor immer gedrückt oder war in die Lehrerdusche verschwunden. Jetzt schien es ihr total peinlich zu sein, sich vor uns zu entblättern und mit uns nackig in die Sauna zu gehen. Sie hielt ihren Badeanzug in der Hand und meinte mit einem flehenden Gesichtsausdruck. »Ähm, ich kann doch den Badeanzug anbehalten, oder?«

Lise gab sich hart und sie hatte damit ja recht. Wenn unsere Desensibilisierungsstrategie Erfolg haben sollte, musste Tinka ein völlig neues Verhältnis zu ihrem Körper entwickeln. Sie musste lernen ihn zu nehmen, wie er war, und nicht nur das, sie musste lernen ihn zu lieben. Klar, sie sollte nicht ab Montag als Flitzer durch die Jungenschule rennen, das nicht gleich, aber sie sollte die Scheu vor ihrem Body ablegen. Das war Voraussetzung für ein gewandeltes Körperbewusstsein, was wiederum Grundlage eines besseren Stylings war.

Lise schüttelte also den Kopf und ich ging mit gutem Beispiel voran, indem ich mich aus den Klamotten pellte. »Nee, Tinka, das ist unangenehm, in der Sauna was anzuhaben.« Und um ihr die Sache etwas zu erleichtern, fügte ich hinzu: »Kannst dir ja eins von den Saunatüchern umwickeln, wenn es dir nicht zu heiß wird.«

Ein erleichtertes Lächeln flog über Tinkas Gesicht und sie holte sich, noch bevor sie mit dem Ausziehen begann, ein großes Saunatuch. Ich glaube, wenn es hier nur einen Pelz aus Polarfuchs gegeben hätte, sie wäre auch mit dem in die heiße Sauna gegangen. Na, mal sehen, was sie machen würde, wenn es in den Whirlpool ging!

Als ich das Lise zuzischelte, winkte die jedoch nur lachend ab. »Lass ihr doch Zeit«, meinte sie leise, »das gibt sich schon im Laufe des Wochenendes. Wenn sie so körperfeindlich erzogen wurde – was ich verstehen kann, weil sie ja das einzige Mädchen unter drei Jungs ist –, muss sie erst mal langsam umdenken. Wenn sie realisiert, dass sie hier nur unter Frauen ist, fallen die Hemmungen bestimmt bald von ihr ab.

Und so war es tatsächlich. Beim ersten Saunagang klammerte sie sich zwar noch krampfhaft an ihr Handtuch, aber als sie dann wie wir anderen auch hüllenlos ins Tauchbecken sprang und danach nackt mit uns im Whirlpool relaxte, war der Knoten geplatzt. Jenny bot ihr im Ruheraum eine Massage an und sie ließ tatsächlich ihren Body bereitwillig mit duftendem Rosenöl übergießen und sich von Jenny sanft durchwalken. Lise machte das Gleiche mit mir, allerdings etwas weniger sanft. Trotzdem war es noch sehr wohltuend.

Nachdem wir eine Weile bei »Frauengesprächen« im Ruheraum abgehangen hatten, begannen Miri und Jenny die Schönheitsmasken anzurühren. Quark und Gurkenscheiben, Traubenkern- und Olivenöl mit Mandelmatsch. Alles höchst merkwürdig, aber spannend! Besonders wenn man es eine Weile im Gesicht hatte. Da spannte es dann wirklich und zog jede Pore einzeln zusammen. Der Effekt war allerdings genial.

»Zehn Jahre jünger!«, sagte Jenny zufrieden, als sie mir die Pampe mit lauwarmem Wasser vom Gesicht spülte.

Woraufhin mir nur ein Kommentar einfiel: »Bäh, ich will nicht wieder in den Kindergarten!!!«

Allgemeines Gekicher.

Aber wirklich, mein Gesicht war traumhaft glatt und frisch – wie ein Babypopo!

Natürlich hatte auch Tinka ihre Dosis Schönheitsmatsch abbekommen und der Effekt war wie bei mir überwältigend. Sie war selbst total verblüfft und strich sich immer wieder mit den Händen über ihre glatte rosige Gesichtshaut. »Wie weich sich das jetzt anfühlt«, meinte sie staunend wie ein Kind. »Ich habe so was immer für Unsinn gehalten, aber es wirkt ja tatsächlich.«

Miri und Jenny freuten sich einen Ast. »Mach es einfach einmal in der Woche. Der Effekt ist toll und ein bisschen muss man sich ja auch selbst verwöhnen.«

Tinka wurde richtig locker. Beim nächsten Saunagang lag ihr Handtuch auf der Bank und sie streckte uns zwar nicht ihre Vorderfront, aber immerhin ihren nackigen Po entgegen.

Liebes Lieschen, was für ein Durchbruch!

Wir begannen herumzualbern, und als wir das nächste Mal im Ruheraum relaxten, fingen wir an das kleine Buffet zu plündern.

»Hier«, sagte Jenny schließlich gesättigt, leckte sich die Finger ab und warf mir eine von ihren Frauenzeitschriften zu. »Hier sind richtig tolle Schmink- und Frisurentipps drin. Wollen wir mal was davon ausprobieren?«

Miri war sofort begeistert, denn sie war in letzter Zeit mit Pit ständig zu irgendwelchen Partys unterwegs und darum immer auf der Suche nach interessanten Stylings. Natürlich war auch ich dabei, und obwohl wir alle ja nur eins wollten, nämlich Tinka mal gründlich aufstylen, hielten wir mit dieser Absicht zunächst hinter dem Berg.

Jenny föhnte Miri die Haare, zupfte Strähnen heraus und besprühte sie mit Haarlack, sodass sie am Ende eine richtig pfiffige Frisur hatte. Dann zupfte sie ihr die Augenbrauen etwas nach, schminkte ihr smoky Eyes und tuschte die Wimpern mit einem Megamascara. Krass, was hatte das Mädchen jetzt für einen Wahnsinnsaugenaufschlag!

Miri tanzte im Bademantel vor dem großen Spiegel im Umkleideraum herum und war total begeistert. »Und wo gehen wir heute Abend hin?«, fragte sie. »So, wie ich aussehe, muss ich unbedingt Party machen! Pit wird mich anbeten!«

Pit! Der tat das eh schon. Ich schielte zu Tinka hinüber, die in einem Korbsessel saß und interessiert der Schminkaktion zugeschaut hatte. Um *sie* ging es doch eigentlich und um Thomas. *Er* sollte *ihr* zu Füßen liegen. Aber davon waren wir wohl noch ein wenig entfernt.

Sie hatte ihre feuchten Haare zu einem Dutt gedreht und mit einer Spange auf dem Hinterkopf festgesteckt. Ihre sonst blasse Haut war rosig und gut durchblutet von Sauna, Gesichtsmaske und Massage. Die Sommersprossen fielen daher nicht mehr so stark auf wie sonst. Auch sie hatte inzwischen einen Bademantel an, der so weit war, dass nur ihre schlanken Waden und Füße und die Hände zu sehen waren. Offenbar hatte sie einen von Thomas erwischt. Als ich es ihr sagte, lief sie rot an. Ich grinste, jetzt waren ihre Finger bestimmt nicht feuchtkalt, allenfalls feuchtwarm.

»Komm, Tinka«, meinte Jenny gerade. »Ich föhne dir die Haare. So hochgesteckt werden sie ja nie trocken.« Und noch ehe Tinka etwas einwenden konnte, war Jenny mit dem Föhn hinter sie getreten, hatte die Spange entfernt und begann das lange Haar zu ordnen und über eine große Rundbürste trocken zu föhnen. »Gib mal den Föhnfestiger rüber«, befahl sie mir, pustete ein paar Sprühstöße in Tinkas Haar und machte weiter wie eine professionelle Friseurin.

Erst schien Tinka das unangenehm zu sein, aber dann blieb ihr bald staunend der Mund offen stehen. Auch Lise und ich waren total verblüfft, was für fülliges Haar Tinka plötzlich hatte und wie schön es glänzte.

»Cool!«, rief Miri auch sofort. »Fehlt nur noch ein schickes Make-up.«

Natürlich lehnte Tinka das ab. Da wir das jedoch nicht anders erwartet hatten, leisteten wir gemeinsam Überzeugungsarbeit. Schließlich hatten wir sie so weit, dass sie sich wenigstens die etwas sehr wild wuchernden Augenbrauen zupfen ließ und Miri ihr ein wenig Lidschatten und Mascara auftragen durfte. »Aber nur ganz wenig. Es darf gar nicht auffallen!«

Und das kriegte Miri super hin! Sie wählte sanfte Bronzetöne, die zu Tinkas hellem Teint und den Sommersprossen wunderbar harmonierten. Die Wimpern tuschte sie nicht in Schwarz, sondern in Braun, damit der Kontrast nicht so hart geriet. Perfekt. Wir staunten nicht schlecht, als wir das Ergebnis sahen, und Tinka selbst schaute verblüfft ihr Spiegelbild an. Aber da sie ziemlich kurzsichtig war, griff sie gleich wieder zu ihrer Brille, und sobald sie die auf der Nase hatte, war ein erheblicher Teil der Wirkung gleich wieder futsch.

»Du solltest dir echt eine modernere Brille zulegen«, riet ihr Miri daraufhin frustriert. »Ist nicht mal wieder eine zum Nulltarif fällig? Gibt doch eine riesige Auswahl beim Optiker, und das ohne Zuzahlung!« Sie reichte ihr einen blassroten Lippenstift. »Tu den mal auf die Lippen.«

Wir sahen zu, wie Tinka sich ungeschickt die Lippen schminkte. Der Effekt war nicht übel. Die roten Lippen lenkten jedenfalls etwas von der unvorteilhaften Brille ab.

Dennoch, da gab es schon noch einiges zu tun!

»Und nun?«, fragte Miri, als wir alle supergestylt, aber wie bestellt und nicht abgeholte in der Gegend herumstanden.

»Wo geht denn jetzt die Party ab?«

»Party?«

Miri, unsere Partybiene, lachte herausfordernd. »Na ja, soll das alles für die Katz gewesen sein? So schön wie wir jetzt sind, schreit das doch nach Action!«

Ach herrje! Ich sah, wie Tinka sichtlich blasser wurde. Jenny und Lise fanden Miris Vorschlag nämlich supergut.

Und Jenny sagte sofort: »Ich rufe Steffen an und frage mal, was heute so geht.«

Auch Miri hing schon am Handy und wenig später hatten die beiden sich mit ihren Jungs verständigt und fragten, ob wir Lust hätten, auf dem Altstadtfest ein bisschen abzufeiern.

Ich rief Daniel an, und als er das ebenfalls für eine sehr gute Idee hielt, war die Sache gebongt.

Das Altstadtfest fand jedes Jahr statt und war ein beliebtes Event für Jung und Alt. In der ganzen City waren Buden und Stände aufgebaut. Es gab Kleinkunst und Kunsthandwerk, Musik und jede Menge zu futtern und zu trinken. Am Samstagabend gab es nachts um elf am Rheinufer auch noch ein gigantisches Feuerwerk.

»Meint ihr, wir kriegen so lange Ausgang?«, fragte ich, denn meine Mutter hielt nichts davon, wenn ich nach zehn Uhr noch alleine in der Stadt herumlief.

»Du bist ja nicht alleine«, antwortete Lise auf meinen Einwand. »Wir sind ja alle zusammen. Außerdem, die Jungs sind ja auch noch da und beschützen uns.«

Das sah Tinka nicht ganz so. »Also meine Eltern haben mir ja eigentlich nur die Erlaubnis für die Übernachtung bei Lise gegeben. Ich glaube kaum, dass sie es so gut finden, wenn ich mich auf dem Altstadtfest herumtreibe.«

Herumtreibe! Meine Güte! Was hatte das Mädchen denn für Vorstellungen!

»Wir treiben uns nicht herum!«, erwiderte Miri auch sofort. »Wir gehen ganz normal bummeln. Es ist übrigens ein richtiges Fest für die ganze Familie und superlustig! Was ist dagegen einzuwenden?«

Gegen Familienevent konnte nun auch Tinka nichts mehr sagen und so zogen wir los, um die Jungs zu treffen. Und als wir mit denen dann lachend durch die engen Gassen tigerten, hielt Tinka sich an Lise, die ja genau wie sie noch ohne Freund war.

Daniel legte seinen Arm um mich und wir schlenderten, vergnügt und verliebt an den Buden vorbei. Wir kauften Zuckerwatte und futterten sie zusammen auf, aßen Poffertjes mit Puderzucker und leckten uns gegenseitig den weißen, süßen Staub von den Lippen.

»Hm, du schmeckst ja heute ganz besonders lecker«, schmeichelte er mir, und als wir dann schließlich am Rhein auf der Ufermauer hockten und dem in tausend glitzernden Sternen explodierenden Feuerwerk zusahen, war ich wieder einmal total glücklich.

Über Daniel hatte ich dann Tinka ein wenig aus den Augen verloren und ich war etwas verwundert, als ich sie kichernd mit einer Flasche Bier an der Ufermauer stehen sah. Tinka und Bier? Aber Pit, Steffen, Jenny und Miri standen bei ihr und hatten ebenfalls Bierflaschen in der Hand. Alle waren sehr locker drauf und ich fragte mich, wo Lise wohl abgeblieben war. Ich wollte Jenny gerade fragen, als sie mit einem dicken Teddybären im Arm wieder auftauchte.

»Was ist denn das?«, fragte ich verblüfft.

»Ein Hauptgewinn!«, rief sie lachend. »Ich habe vorhin bei der Tombola ein Los gezogen und eben sind die Preise verteilt worden.«

»Cool!«, rief ich begeistert.

Und Tinka wollte sich ja gar nicht mehr beruhigen. »Ist der aber niedlich«, quietschte sie euphorisch, »ach, ist der goldig. So putzig! Wirklich knuffig …«

Himmel! Ist ja gut, dachte ich. So übertreiben musste sie ja nun auch nicht.

»Er sieht aus wie Daniel«, meinte sie plötzlich. »Findet ihr nicht auch, dass er wie Daniel aussieht? Guckt doch mal!« Sie riss Lise den Teddy aus den Armen und rannte mit ihm von einem zum anderen. »Sieht er nicht aus wie Daniel? Diese braunen Knopfaugen …«

Gott, warum machte sich das Mädchen denn nun so peinlich! Und Daniel gleich mit. Der war ja nun wirklich kein Teddybär und Knopfaugen hatte er auch nicht!

Er schaute auch schon ganz verwundert. »Was geht denn mit der ab? So kenne ich sie ja überhaupt noch nicht. Die ist ja megalocker drauf.« Und mit einem Seitenblick zu Tinka fügte er noch hinzu: »Hat sie was an ihrem Styling geändert? Sie sieht ja richtig gut aus heute!«

Ich nahm Tinka den Teddybären aus den Armen und sagte etwas brüsk: »Nun übertreib mal nicht!« Doch dann kam mir ein Verdacht. Natürlich Pit und Steffen! Sogleich machte ich sie zur Schnecke, aber sie zeigten sich uneinsichtig.

»Nun komm mal wieder runter«, meinte Pit nur. »Zum Altstadtfest gehört auch Altbier! Und wenn Tinka noch nie hier war, dann wird es Zeit, dass sie das mal kennenlernt. Sie hat doch nicht mal eine halbe Flasche getrunken.«

Halbe Flasche? Oje, wenn das schon solche Wirkung bei ihr zeigte, machte sie am besten in Zukunft einen großen Bogen um jede Art von Alkohol! Was frau nicht verträgt, soll sie auch nicht trinken!

Tinka kam diese Einsicht allerdings erst am nächsten Morgen. Da hatte sie einen Kater und jaulte uns die Ohren voll. »Wie konntet ihr das zulassen! Ich habe mich bestimmt total peinlich gemacht!«

Hast du, dachte ich, sagte aber: »Nein, nein, alles easy! Wirklich, du warst halt ein wenig lockerer, das war alles. Echt, nichts passiert.« Außer dass du Daniel mit einem Teddybären mit Knopfaugen verglichen, ständig haltlos und grundlos losgekichert und im Schlaf immer »Küss mich!« gemurmelt hast.

Ich konnte nur in ihrem Interesse hoffen, dass sie nicht Daniel damit gemeint hatte, denn da hörte meine Freundschaft wirklich auf. »Du solltest in Zukunft etwas vorsichtiger mit Alk sein«, riet ich ihr aus diesen Gedanken heraus etwas schroff. »Du willst doch nicht die Kontrolle über dich und deine Handlungen verlieren.«

Nein, das wollte sie wirklich auf keinen Fall. Kontrollverlust war etwas, wovor Tinka absoluten Horror hatte. Fast so viel wie vor dem eigenen Verliebtsein! Dennoch gestand sie mir beim Abräumen des Frühstückstisches, dass sie von Thomas geträumt hatte, und da war ich dann in Bezug auf Daniel beruhigt. Denn das war so sicher wie das Amen in der Kirche, dass es Thomas war, nach dessen Küssen sie sich im Traum gesehnt hatte.

»Siehst du«, gab ich die frohe Botschaft gleich an Lise weiter. »Sie ist doch total in ihn verknallt!«

Nach dem Frühstück stiegen wir noch einmal in den Keller runter, um auch den Rest des Wochenendes noch wellnessmäßig zu genießen

Aber Tinka war wohl noch nicht so richtig gut drauf, denn nach wenigen Minuten machte ihr Kreislauf nicht mehr mit und es wurde ihr in der Sauna schlagartig zu heiß. Sie taumelte ins Freie und trat an das Tauchbecken, um sich dort abzukühlen. Ihr Handtuch glitt gerade an ihren Hüften herab zu Boden, als plötzlich die Kellertür aufging.

Ich sah durch das Fenster der Saunatür, wie Tinka abrupt in der Bewegung erstarrte und stier in Richtung Tür blickte.

Ach herrje! Das war doch nicht Thomas?

Doch, war er! Aber was machte der denn hier?

»Lise«, zischte ich, »da-da-da … Wa-wa-was macht Thomas denn hier?!«

Lise beugte sich verwundert zu mir rüber, um auch durch das Türglas schauen zu können, und schlug sofort die Hand vor den Mund, um einen unkontrollierten Aufschrei zu ersticken. »Ach, du Schreck!«, entfuhr es ihr dann doch.

Auch Jenny und Miri starrten neugierig auf die Szene vor der Sauna.

In Tinka war nun das Leben zurückgekehrt. Sie beugte sich hektisch nach ihrem Saunatuch, riss es an sich und versuchte damit ihre Blöße zu bedecken. Das gelang ihr auch teilweise, aber natürlich blitzte links und rechts von ihrer Körpermitte immer noch nackte Haut hervor. Sie hatte einen hochroten Kopf, und das ganz sicherlich nicht nur wegen der Sauna.

Auch Thomas war bis zu den Ohren rot angelaufen. Obwohl ihm die Situation offenbar total peinlich war, kriegte er es nicht fertig, den Blick von Tinka abzuwenden. Er starrte sie weiter an und stammelte dabei: »Äh, oh, uups, äh, pardon, äh, entschuldige, ähm, ich, also … tut mir echt leid … ich, ich wusste ja nicht … «

Und weil er nicht die mindesten Anstalten machte, endlich zu verschwinden und die Tür von außen zuzumachen, befiel Tinka die schiere Panik. Ohne ein weiteres Wort sprang sie mitsamt dem Saunatuch, das sie immer noch an sich gerafft umklammert hielt, in das Tauchbecken. Nur um mit einem Entsetzensschrei auf den blau angelaufenen Lippen sofort wieder aufzutauchen und sich bibbernd am Beckenrand festzuklammern.

Nun kam Leben in die Sauna. Ich sprang auf, wickelte mich in rasender Hektik ins Saunatuch, riss die Tür auf und rannte zu Tinka, während Lise splitternackt zu Thomas sprintete, ihn aus dem Keller schob und die Tür hinter ihm zuknallte.

Inzwischen half ich Tinka aus dem Eiswasser und reichte ihr ein frisches, weiches Handtuch. Zähneklappernd trocknete sie sich ab.

»Da-da-das war jetzt aber eine Fata Morgana?«, würgte sie hervor und schaute mich fragend an. »Da-da-das war doch nicht wirklich Thomas?«

Was sollte ich tun? Ich entschloss mich, ihr die grausame Wahrheit zu sagen. »Doch, Tinka, es war Thomas. Frag mich nicht, wie er hierhergekommen ist und was er hier wollte.«

»O mein Gott!«, stöhnte Tinka auf. »Ich gehe am besten gleich wieder ins Wasser!«

»Aber warum denn?«, fragte Lise in aller Naivität.

»Warum? Du fragst, warum?«, gab ihr Tinka aber sofort Bescheid. »Ich bin bis auf die Knochen blamiert.«

»Aber, aber wieso eigentlich?« Auch Miri verstand ihre Panik nicht ganz.

»Ja, kapiert ihr denn gar nichts?«, stöhnte Tinka verzweifelt auf. »Der Typ hat mich *nackt* gesehen!«

Sie kam den Rest des Tages nicht darüber hinweg, und auch als wir uns alle voneinander verabschiedeten, war sie noch total von der Rolle. »Ich, ich kann ihm nie mehr in die Augen sehen«, stammelte sie.

Was für die nächste Tanzstunde ja ziemliche Probleme befürchten ließ …

Ich räumte noch ein wenig mit Lise den Saunakeller auf und dann pilgerten wir leidlich zufrieden zu mir rüber.

Als wir in meiner Butze die Hufe ausstreckten und bei cooler Mucke abhingen, bedankte ich mich zunächst für das tolle Wochenende und fragte dann freiheraus: »Hat Thomas noch was zu dem, ähm, Zwischenfall mit Tinka gesagt?«

»Nee, so direkt nicht. Ich habe ihn ja nur kurz in der Küche getroffen, als ich das Geschirr und die Reste vom Essen raufgebracht habe. Da habe ich ihn scherzhaft gefragt, wie er Tinka im Evaskostüm denn so findet, aber er ist nur wieder rot angelaufen, hat abgewiegelt und gemeint, er hätte nicht so genau hingesehen.«

Nun musste ich allerdings kichern. »Von wegen nicht genau hingesehen! Der hat sie ja geradezu mit seinen Blicken verschlungen!«

»Na ja«, wollte Lise nichts auf ihren Bruder kommen lassen. »Er stand halt ein wenig unter Schock.«

»Und was wollte er nun im Saunakeller? Hast du ihm nicht erzählt, dass wir da sind?«

»Nö, habe ich nicht. Das geht ihn ja schließlich auch gar nichts an. Keine Ahnung, was er wollte. Spielt ja nun keine Rolle mehr.«

Hm, da konnten wir nur hoffen, dass Tinka jetzt nicht total verstört war und wirklich nicht mehr mit Thomas tanzen wollte. Denn dann wäre das ganze Wochenende ja für die Katz gewesen. So ein Shit!

Ein Unglück kommt selten allein. Beim nächsten allgemeinen Treffen des Schulclubs, das vorrangig der Vorbereitung des Schulfestes dienen sollte, lief nämlich Doreen mit ihren Giftnattern auf und meinte eine supergeniale Anregung einbringen zu müssen.

»Ich schlage vor, wir führen am Schulfest einen Misswettbewerb durch!«, sagte sie und erntete für diese abartige Idee auch noch sofort den Beifall der anwesenden Jungs.

Besonders Thomas war begeistert und kriegte darüber überhaupt nicht mit, dass die *Wilden Rosen* allesamt Doreen ungläubig anstarrten.

»Na«, zischte Doreen mit zynischem Lächeln, »da fehlen euch wohl die Worte! Nicht wahr, Lise-Pferdegesicht?«

Dass Thomas ihr in brüderlicher Solidarität für diese Frechheit nicht gleich eine scheuerte, schrieb ich nur seinem hormonellen Ausnahmezustand zu, der offensichtlich das Gehirn ganz erheblich in Mitleidenschaft gezogen hatte.

So direkt angesprochen war Lise die Erste, die ihre Sprache wiederfand. »Dazu gibt es nichts zu sagen«, meinte sie trocken. »Eine Misswahl ist doch nur eine frauenfeindliche Fleischbeschau!«

»Wie bitte?« Nun hob es Doreen ziemlich aus den Latschen. »Das sagst du doch nur, weil du dabei ja wohl kaum Chancen hast!«

Lise zuckte die Schultern. »Mag sein, aber kein Mädchen muss sich so etwas antun.«

Antun?! Übertrieb sie jetzt nicht ein bisschen? So eine Misswahl konnte doch ganz witzig sein. Gut, der Vorschlag kam von Doreen, und das hieß natürlich, dass er erst mal mit Vorsicht zu genießen war. Aber ihn deswegen gleich so ganz runterzumachen, das war doch nicht nötig. Das weckte nur den Oppositionsgeist der anderen Schulclubmitglieder.

Und so war es leider tatsächlich. Besonders bei den Jungs tanzten schon allein bei dem Gedanken die Hormone Salsa und deshalb fand Doreen in ihnen natürlich eifrige Fürsprecher für die Misswahl.

Als schließlich abgestimmt wurde, ob am Schulfest eine Misswahl stattfinden sollte, war eine überwältigende Mehrheit dafür. Triumphierend verließ Doreen nach diesem Sieg mit ihren Giftnattern die Sitzung und ich ärgerte mich über ihren hinterhältigen Coup schwarz. Misswahl! Wer sollte die wohl gewinnen? Irgendwie lag es auf der Hand: Doreen natürlich! Aber das – da konnte sie ihre eigene Giftdrüse drauf auslutschen – würde ich zu verhindern wissen! Ich wusste nur noch nicht, wie.

Am Abend traf ich mich mit Daniel. So eine junge Liebe wie die unsere musste jeden Tag fleißig gegossen werden, damit sie ja nicht verdorrte, und da war ein Spaziergang am Rhein mit anschließendem Pastaessen genau der richtige Dünger.

Wir machten zunächst Hand in Hand einen verliebten Bummel am Rhein entlang und gingen dann spontan in die Altstadt, um bei *Pasta, Pasta* noch einen Teller Spaghetti zu mampfen. Das Preisgefüge dort lag annähernd auf Taschengeldniveau, sodass wir uns das Vergnügen einigermaßen leisten konnten.

Wir wickelten gerade lachend jeder auf dem Teller des anderen Spaghetti um unsere Gabeln, als mein Blick auf einen der hinteren Tische im Lokal fiel. Mir klappte der Unterkiefer runter und die Gabel mitsamt den halb aufgewickelten Teigwaren entglitt meiner Hand. Leider landete sie nicht auf dem Teller, sondern flutschte über die Tischkante Daniel genau auf den Schoß. O nein! Ich stieß einen entsetzten und reichlich schrillen Schrei aus, der mir am Ballermann wegen Überschreitens der zulässigen Lautstärke ein Lokalverbot eingetragen hätte. Daniel sah mich zwar etwas irritiert an, nahm die Sache aber gelassen.

Er sammelte die Nüdelchen von seinen Oberschenkeln und legte sie und die Gabel auf eine Serviette. Dann entschuldigte er sich, um auf die Toilette zu flüchten. Gott, war der Junge wohlerzogen! Ich hingegen war mal wieder voll die dröhnende Peinlichkeit. Natürlich war das kleine Malheuer nicht unbemerkt geblieben. Besonders nicht an dem besagten Tisch im Lokalhintergrund. Und als Daniel mit einem feuchten Fleck an pikanter Stelle auf seiner Hose zurückkam, stand plötzlich Johannes an unserem Tisch, fragte, ob er helfen könne und ob wir uns nicht zu ihm und – er sagte es wirklich – Tinka an den Tisch setzen wollten? Wollten wir natürlich.

Zwar hatte Tinka rote Flecken vor Verlegenheit im Gesicht, aber auch eine supergeile, offensichtlich brandneue Jeans an. Liebes Lieschen! Sie hatte ich hier ja nun als Letztes in Begleitung eines Jungen erwartet und dann auch noch so rausgeputzt.

»Wir, äh, wir haben so eine Art, äh, Arbeitsessen …«, stotterte sie auch sogleich eine Erklärung für ihr Hier- und Sosein. Und zur Untermalung ihrer Worte griff sie ordnend nach einem Stapel Papier, der auf dem Tisch neben Latte Macchiato und leer gegessenen Nudeltellern lag.

Daniel rettete dann charmant die Situation, indem er sagte, wie schön es sei, mal ein Mädchen zu treffen, das nicht täglich mit Chaosbrause dusche und selbst beim Italiener Sinnvolleres zu tun wisse, als ihren Freund mit Spaghetti zu bewerfen.

Okay, der Joke ging auf meine Kosten, aber da er ein allgemeines befreiendes Gelächter auslöste, wollte ich mal nicht so sein und lachte mit.

Basta Pasta!

Missqual

Daniel schlug vor, zur Vorbereitung des Schulfestes Arbeitsgruppen zu bilden und jeder Arbeitsgruppe bestimmte Aufgaben zu übertragen. Das war eine gute Idee und brachte uns auf den Gedanken, selbst die Organisation der Misswahl in die Hand zu nehmen. Die wollten zwar alle gerne managen, aber es gelang Pit und Jenny, unseren Mitschülern klarzumachen, dass es nicht eben leicht sein würde, so eine Veranstaltung bei den Schulleitungen durchzusetzen, und dass es darum besser wäre, wenn der Vorstand dafür zuständig wäre.

»Wirklich«, erklärte Pit ganz sachlich, »wir drängen uns nicht nach Arbeit, doch wenn aus der Sache was werden soll, muss das taktisch sehr geschickt angeleiert werden. Und ...«, er grinste breit bis zu seinen Ohren, »... wir haben nun mal die meiste Erfahrung im Clinch mit den Lehrern.«

Okay, da biss die Maus keinen Faden von ab und so hatten wir die Misswahl am Bein.

»Musste das sein?«, nölte ich nach der Sitzung, weil ich den Sinn der Aktion noch nicht ganz gerafft hatte.

Jenny antwortete mir nur trocken: »Ja, musste sein oder willst du Doreen das Terrain kampflos überlassen?«

»Nee, natürlich nicht, aber die Arbeit machen für sie möchte ich auch nicht. Wir ackern uns ab und sie schleppt den Pokal ab. Ohne mich!«

Und Lise pflichtete mir bei: »Wenn sie so eine Tussi ist, die sich für so was hergibt, dann soll sie es doch auch selber organisieren!«

Nun tippte Miri sich an die Stirn. »Sagt mal, habt ihr Dummbier gesoffen? Auch wenn Doreen den Vorschlag gemacht hat und natürlich glaubt, sie würde die Misswahl gewinnen, so heißt das doch noch lange nicht, dass sie es auch wirklich tut!«

»Nicht?«

»Nein, nicht! Jedenfalls nicht, wenn wir es verhindern können. Deren Gesicht möchte ich sehen, wenn die Siegerin verkündet wird und es jemand anders ist!«

Lise zuckte die Schultern. »Na ja, das wäre sicherlich cool, aber so, wie Doreen es früher geschafft hat, sich Stimmen für die Klassensprecherwahl zu kaufen, wird sie das doch bei der Misswahl ebenfalls hinkriegen. Da hat doch keine andere Kandidatin den Hauch einer Chance!«

»Ich und Pit haben noch mal eben im Internet recherchiert«, fuhr Jenny ungerührt fort. »In den USA ist so eine Misswahl ein richtiger Hammer. Daran nimmt die ganze Schule Anteil.«

Na, das fehlte noch!

»So eine Wahl zur Miss Schulclub, das ist was ganz anderes als diese Misswahlen im Tangoschuppen oder in der Dorfkneipe, wo eine Frau nur einen coolen Hintern, einen dicken Busen, lange blonde Haare und die Bereitschaft, sich halb nackt einer Jury aus besoffenen Männern zu zeigen, haben muss. Miss Schulclub zu werden, das ist ein richtig harter Wettkampf, bei dem es auf Charme, auf Kreativität und auf Köpfchen ankommt.«

»Aha.« Lise grinste. »Dann habe ich ja direkt Chancen.«

Sie mal wieder! Ich musste kichern. »Hm, das klingt ja wenigstens nicht so ganz schlecht«, meinte ich.

Jenny hatte eine sehr informative Seite gefunden und las nun ein Programm für so eine Misswahl vor: »*In den folgenden Kategorien muss sich die zukünftige Miss Schulclub durchsetzen: Persönlichkeitsprofil, Intelligenztest, Rhetorik, Selbstpräsentation und Kürprogramm.*«

Uups! Das klang ja wirklich nicht nach Pillepalle, nee, das hörte sich eher nach hammerhartem Test an.

»Genau«, stimmte mir Pit zu. »Genau das ist es, ein richtig krasser Test. Nur wer in allen Kategorien was vorzuweisen hat, der hat überhaupt eine Chance.«

»Und du meinst, das ist nicht zu viel Arbeit, so was zu organisieren?«, fragte Daniel und sah auf seine Uhr. Offenbar hatte er wirklich noch eine Menge zu tun und der Gedanke, womöglich auch noch diese Misswahl vorbereiten zu müssen, schien ihm gar nicht zu gefallen.

»Klar kriegen wir das hin«, meinte Pit und grinsend fügte er hinzu: »Ich gehe auch freiwillig in die Jury!«

»Das könnte dir so passen!«, pfiff Jenny ihn sofort zurück. »Die Jury wird natürlich hochkarätig besetzt. Mit Lehrern und Sponsoren und Vertretern der Schulleitung ...«

»Aber Schüler müssen auch dabei sein!«, verlangte Pit dennoch.

Daniel schaute erneut auf die Uhr und mischte sich dann ein. »Also, das müssen wir heute wirklich nicht mehr entscheiden. Lasst uns jetzt erst mal abstimmen, ob wir vom Vorstand die Organisation dieser Misswahl übernehmen wollen. Ich finde, wir haben eigentlich schon genug zu tun.«

Bei der Abstimmung konnte Daniel sich allerdings nicht durchsetzen. Die Mehrheit war dafür, die Misswahl selbst auf die Beine zu stellen, um auf keinen Fall Doreen das Feld zu überlassen.

Und als sogar Lise kämpferisch meinte: »Das dürfen wir einfach nicht aus der Hand geben!«, war die Sache beschlossen.

»Na dann«, sagte Daniel und stand auf. »Ich muss jetzt dringend los. Ihr könnt euch ja bis zur nächsten Sitzung mal ein paar Gedanken darüber machen, wie die Jury zusammengesetzt sein soll.« Er drückte mir einen flüchtigen Kuss auf die Wange.

Wir einigten uns noch darauf, dass es mehrere Vorrunden geben sollte und dass die fünf besten Kandidatinnen dann beim Schulfest zur Endausscheidung antreten sollten.

»Cool!«, freute sich Pit. »Und die Schüler beider Schulen dürfen abstimmen!«

»Schau'n wir mal«, wandte ich ein. »Wozu brauchen wir denn dann noch eine Jury?«

Da wir diese Frage so spontan nicht klären konnten, ließen wir sie erst mal offen.

»Wir müssen uns auch noch überlegen«, fuhr Lise fort, »wer sich überhaupt alles bewerben darf. Ich denke mal, da es eine Sek-I-Fete ist, sollten sich auch nur Mädchen aus der Sek I bewerben dürfen. Was meint ihr?«

Pit grinste. »Wieso eigentlich nur Mädchen? Wäre es nicht geiler, auch einen Mister Schulclub zu wählen?«

Allgemeine Heiterkeit.

»Geiler auf jeden Fall«, gab Miri ihm recht.

Und weil es auch demokratischer war, fand die Idee sogleich allgemeine Zustimmung. Nein, was war das krass!

Als ich mit Lise nach Hause pilgerte, überkam uns aber doch wieder der Frust und wir überlegten hin und her, wie wir verhindern konnten, dass Doreen die Misswahl gewinnen würde. Uns fiel allerdings nichts Brauchbares ein. Selbst bei dem harten Programm, das wir uns nun vorgenommen hatten, war Doreen eine sehr aussichtsreiche Kandidatin. Doreen war nicht dumm und sah auch ganz gut aus, wenn man auf einen eher niedlichen Typ stand. Sie war immer schick und vorteilhaft gekleidet und ihre Figur war schon nicht schlecht. Ich konnte mir gut vorstellen, dass die Kerls aus der Jungenschule voll auf sie abfuhren, wenn sie es ein wenig darauf anlegte, deren Hormone in Wallung zu bringen.

»Eine wirklich blöde Situation!«, fand ich und aus meinen frustrierten Gedanken heraus fragte ich, als wir in den Bus stiegen: »Meinst du, Thomas würde ein Mädchen gut finden, dass Miss Schulclub geworden ist?«

»Klar, hat ja schließlich was.«

»Dann muss Tinka mitmachen!«, sagte ich im Brustton der Überzeugung.

Lise schaute mich megaverblüfft an. Offenbar hatte

sie ausschließlich an Doreen gedacht, die ja nach wie vor ständig um Thomas rumschwänzelte. Dass ich nun Tinka ins Spiel brachte, verwunderte sie total. »Ich fürchte, mitmachen alleine wird da nicht reichen. Sie müsste natürlich auch gewinnen …«

»Und das traust du ihr nicht zu, oder?«

»Ehrlich gesagt eher nicht.« Sie merkte, dass ich mit dieser Aussage überhaupt nicht einverstanden war, und fügte deshalb schnell hinzu: »Na ja, es kommt halt auf die Bewerberlage an. Man weiß ja jetzt noch gar nicht, wer sich alles beteiligt. Wenn sie die einzige Kandidatin wäre …«

Nun wurde ich allmählich sauer. »Jetzt mach aber mal einen Punkt! Ich finde, Tinka ist ein hochintelligentes Mädchen, dem viele nicht das Wasser reichen können. Ich würde es cool finden, wenn sie mitmacht, und selbstverständlich hat sie Chancen gegen Doreen!«

Lises Skepsis war nicht ausgeräumt. »Du kennst meine Meinung zu Tinka. Sie mag ja jede Menge Potenzial haben, nur versteckt sie es ziemlich gut. Sie müsste in jeder Hinsicht mehr aus sich herausgehen … und gegen Doreen bestehen!«

»Und das wird sie! Hast doch gesehen, wie gut ihr das Wellness-Wochenende schon getan hat. Ich werde sie überzeugen, dass sie bei dieser Misswahl antreten muss. Dann ist sie ein für alle Mal ihr Graue-Maus-Image los und keiner von Thomas' Kumpels kann ihn mehr deswegen anpaulen. Und hundertpro sieht er Tinka dann auch mit ganz anderen Augen.«

»Na, viel Spaß bei der Überzeugungsarbeit! Warum sollte sie das wohl machen? Ein Mädchen wie sie! Wetten, dass sie sich eher für eine Himalaja-Expedition anmeldet als für so einen Miss-Blödsinn-Wettbewerb!«

Wie zynisch Lise doch war! Irgendwie fühlte ich mich persönlich herausgefordert und so hielt ich bar jeder Vernunft dagegen: »Und ich wette, dass sie an der Wahl teilnehmen wird und nicht nur das, sie wird auch gewinnen!«

Nun brach Lise in so lautes, wieherndes Gelächter aus, dass alle Fahrgäste im Bus uns anstarrten. Was war das Mädchen wieder mal peinlich! Als sie hinreichend abgelacht hatte, streckte sie mir die Hand zum Abklatschen hin. »Ich glaube zwar, dass eher ein Pferd über den Laufsteg trabt, aber meinetwegen: Topp, die Wette gilt!«

Uups! In was hatte ich mich da nur reingeritten?

Als wir beim Haus meiner Großeltern ankamen, machte Lise mir die überraschende Mitteilung, dass sie nur noch eben mit reinkommen würde, um ihre Sachen zu holen. »Es ist wohl an der Zeit, mal wieder bei mir zu Hause nach dem Rechten zu sehen. Ich kann Thomas das Haus nicht total überlassen, sonst zieht Doreen noch bei uns ein. Es ist besser, ich passe da mal ein bisschen auf.«

Ich nickte, denn meine Mutter hatte mich auch schon gefragt, wie lange Lise denn eigentlich noch bei uns wohnen wollte, und es hatte so geklungen, als wäre es ihr allmählich zu viel. So kam Lise also noch mit rauf, packte Matratze, Kramzeug, Zahnbürste und Pyjama zusammen und verabschiedete sich dankbar, weil ich ihr Asyl gewährt hatte.

»Also, wenn du mal wo unterschlüpfen musst«, bot sie noch an, »du weißt ja, wo ich wohne.«

Ich winkte ihr am Gartenzaun zum Abschied zu, dann zog ich mich erleichtert auf meine Bude zurück. Sie war eine super Freundin, aber ein bisschen Privatleben war schon auch wichtig. Gerade jetzt, wo es so viele Probleme zu lösen gab, war ich froh, in meiner Butze auch mal wieder still meinen Gedanken nachhängen zu können, ohne dass ein Pferd dazwischenwieherte.

Natürlich bereitete mir meine unüberlegte Wette mit Lise ziemliches Kopfzerbrechen. Denn wie ich Tinka für eine Kandidatur bei der Miss-Schulclub-Wahl gewinnen sollte, war mir noch völlig schleierhaft. Okay, unsere Desensibilisierungstherapie schien ja schon erste Früchte zu tragen. Tinka hatte sich immerhin eine neue Jeans zugelegt, und zwar eine, die perfekt saß. »Schöner Knackarsch!«, hatte Blondie in seiner unnachahmlich charmanten Art im Tanzkurs gleich gesagt und Tinka war nicht heulend aufs Klo gerannt deswegen. Nee, sie traute sich neuerdings sogar mit einem Jungen zusammen essen zu gehen. Warum also sollte sie nicht in der Lage sein, so eine läppische Misswahl zu gewinnen?

Und als ich abends auf meinem kleinen Balkon stand und auf den glitzernden Rhein schaute, da erinnerte ich mich, wie hübsch ich sie an dem Wellness-Wochenende gefunden hatte! »Alles klar, Lise«, rief ich in die Dunkelheit, »ich nehme die Wette an!«

Es war nicht einfach, unseren Rektor zu überzeugen, dass so eine Misswahl dem guten Ruf der Annen-Schule keinen Schaden zufügen würde. Und es war letztlich nur dem Beistand von Schwester Walburga zu verdanken, dass er, wenn auch höchst widerwillig, seine Erlaubnis gab.

»Aber ich möchte nicht, dass sich irgendeins unserer Mädchen im Bikini oder Badeanzug zeigt«, verlangte er. »Solchem Sexismus leiste ich keinen Vorschub!«

Der Beifall von Frau Krämer war ihm sicher, aber die Jungs murrten natürlich ein bisschen, als wir ihnen das Ergebnis des Gespräches mitteilten. Es war klar, dass die möglichst viel weibliche Haut sehen wollten. Hm, da würden wir irgendeinen Kompromiss finden müssen. Aber das hatte ja noch Zeit. Erst mal mussten wir überhaupt Kandidatinnen werben und dann ein Programm für die Wahl aufstellen, mit dem die Bewerberinnen in einen Wettstreit um die meisten Stimmen treten konnten. Wir beschlossen also zunächst einmal, den Wettbewerb in den Schulen anzukündigen, und wegen der Gleichberechtigung fand Schwester Walburga es einen guten Vorschlag, neben der Miss Schulclub auch einen Mister Schulclub wählen zu lassen.

»Komm bloß nicht auf die Idee, Thomas um seine Bewerbung zu bitten«, meinte Lise.

»Und warum nicht?«, verstand ich ihre Ablehnung nicht. »Wäre doch cool, wenn er und Tinka gewinnen würden.«

Sie sah mich an, als wollte sie mir gleich einen Gutschein für eine Gratisbehandlung in der Klapse schenken. »Vergiss es einfach. Und was diese Wette zwischen uns betrifft, fühl dich daran bitte nicht gebunden. Es war wirklich nur ein Joke. Du willst doch nicht zwei Menschen unglücklich machen!?«

Ich war irgendwie ein bisschen durch den Wind danach.

Wozu hatte ich nun all das angeleiert, Schulfest und sogar Doreens bescheuerte Misswahl, wenn meine Freundin mir so in den Rücken fiel und gar keinen Sinn mehr darin sah?

Ein leichter Nieselregen wehte mir ins Gesicht, als ich in frustrierende Gedanken versunken am Rhein entlanglief. Ich merkte gar nicht, dass ich unter der Rheinbrücke durchgelaufen und schon fast am Altstadtufer angekommen war, von wo die Max-Planck-Schule nur einen Steinwurf entfernt lag.

Es war mal wieder einer der seltsamen Zufälle des Lebens, der mich dort am Bootsanleger mit Tinka zusammenstoßen ließ.

»Wa-wa-was machst du denn hier?«, fragte ich verdattert.

»Und du?«

Wir lachten.

»Erst du«, sagte ich und sie gestand mir, dass ihre drei Brüder ihr mal wieder den letzten Nerv getötet hätten und sie dringend ein bisschen Frischluft gebraucht hätte, um ihren Kopf für die nächsten Hausaufgaben frei zu kriegen.

»Kann ich verstehen.« Ich nickte. »War auch gerade dabei, in meinem Hirn ein wenig Ordnung zu schaffen. Diese, ähm, Misswahl bereitet mir schon ein wenig Kopfzerbrechen, weißt du? Zumal sich natürlich auch Doreen mit ihrer Busenfreundin Sabrina dafür angemeldet hat.«

Tinka war darüber offenbar ebenso wenig beglückt wie ich. »Meinst du, sie hat Chancen?«

»Ich befürchte, ja, denn seit bekannt ist, dass sie mitmacht, sind keine weiteren Anmeldungen eingegangen und einige Mädchen haben ihre schon gegebenen Zusagen sogar zurückgezogen!«

»Das ist ja feige!«, empörte sich Tinka.

Sofort witterte ich eine Chance. »Ja, das finde ich auch, aber ich kann es auch verstehen. Nur wenige Mädchen trauen sich, es mit ihr aufzunehmen.«

Tinka sah mich nachdenklich an. »Warum bewirbst du dich nicht, Leo? An Mut dürfte es dir doch nicht fehlen.«

Ach, du liebes Lieschen! Was war denn das für eine abwegige Idee, andererseits ... wenn ich so recht überlegte ... vielleicht ... »Und du?«, sagte ich darum. »Warum nimmst du nicht teil? Reizt es dich gar nicht, Doreen aus dem Rennen zu werfen?«

»Das wird mir wohl kaum gelingen«, wehrte Tinka sofort ab.

Aber ich blieb hartnäckig. Jetzt oder nie, dachte ich. »Ich mache mit, wenn du auch mitmachst«, sagte ich. »Um Doreen eins auszuwischen, tue ich alles. Und du?«

Tinka zuckte sichtbar zusammen, es war klar, dass sie merkte, dass ich dabei war, sie in etwas hineinzuschwatzen, was sie ganz und gar nicht wollte. »Ich, ich, ich habe doch ...«, stotterte sie.

Ich fiel ihr jedoch sofort ins Wort: »... alles, was eine Miss Schulclub braucht! Komm, mach mit, das ist doch ein Megaspaß! Zusammen hauen wir Doreen ordentlich in die Pfanne wie ein Spiegelei!«

Sie war nicht überzeugt. »Und, äh, was, was habe ich davon?«, fragte sie schließlich. »Doreen zu ärgern ist ja okay, aber wenn ich mich an so einem peinlichen Wettbewerb beteilige, dann muss ja auch was Lohnendes für mich dabei rausspringen.«

Uups! Das Mädchen war ja mal gar nicht materiell orientiert. Doch eigentlich hatte sie ja recht. Über den Gewinn für die Siegerin hatten wir ja noch gar nicht nachgedacht.

»Du hast den Ruhm!«, sagte ich spontan.

»Dafür kann ich mir nichts kaufen und so ein Missruhm ist eher eine zweifelhafte Sache.«

Hm, ob wir das Ganze besser abblasen sollten? Hatte eine Misswahl wirklich so ein schlechtes Image? In Amerika war das doch ganz anders. Was bekamen die eigentlich als Preis? Da musste ich mich aber dringend mal schlaumachen.

»Ich muss jetzt mal wieder nach Hause«, meinte Tinka auch gerade und so verabschiedeten wir uns.

»Also, nur um das noch mal festzuhalten«, wiederholte ich. »Wenn es einen lohnenden Gewinn gibt, dann machst du mit bei der Misswahl, oder?«

Sie kicherte ein wenig unernst. »Na gut, meinetwegen. Es muss allerdings schon was wirklich Tolles sein und natürlich nur, wenn du auch mitmachst!« Noch einmal kicherte sie, sah mich dann jedoch einen Moment sehr ernst an, wobei ihre Augenlider erstaunlicherweise kein bisschen hinter ihren großen Brillengläsern flatterten. »Aber«, fuhr sie fort, »ich bin mir sicher, dass kein Preis toll genug sein kann, um mich dazu zu bringen, an so einer schwachsinnigen Veranstaltung teilzunehmen.«

Womit sie vermutlich recht hatte.

Hatte sie nicht!

Kaum war ich zu Hause, rief ich nämlich Jenny an und die konnte mir natürlich als Expertin für die amerikanischen Miss-Schulclub-Wahlen auch was zu den Preisen sagen.

»Meist werden diese Wettbewerbe ja für die oberen Highschool-Klassen durchgeführt«, erklärte sie, »und da kriegt die Siegerin oft ein Stipendium.«

Ich war wie elektrisiert. »Ein Stipendium? Was für ein Stipendium?«

»Unterschiedlich, meist für das College oder so … Genau weiß ich das auch nicht.«

Brauchte sie auch nicht, denn ich hatte bereits alles erfahren, was ich benötigte, um Tinkas Teilnahme zu erreichen. »Danke«, sagte ich also zu Jenny, hängte sie ab und rief sofort Lise an. »Ein Stipendium muss her!«

Sie verstand natürlich nur Bahnhof, aber als ich ihr erklärt hatte, worum es ging, fand sie die Idee sofort ziemlich gut.

»Du hast mal erzählt, dass die Annen-Schule für begabte Schülerinnen Stipendien vergibt, durch die das Schulgeld und Lernmittel und so finanziert werden können.«

»Stimmt.«

»Und Tinka kriegt doch so ein Stipendium, oder?«

»Soweit ich weiß, ja.«

»Es muss allerdings jedes Schuljahr wieder neu beantragt werden, habe ich recht?«

»Ja, ist, glaube ich, so.«

»Und sie muss deshalb jedes Jahr wieder zittern, ob sie es kriegt?«

»Na ja, bisher hat sie es ja immer bekommen ...«

»Aber es ist trotzdem Stress für sie, nicht wahr?«

»Ja, kann sein. Mensch, worauf willst du eigentlich hinaus?«

»Wenn wir Tinka von diesem Stress befreien könnten, meinst du, sie würde das total toll finden?«

»Meine Güte, natürlich würde sie. Nun sag endlich, was dir wieder Verrücktes in den Kopf gekommen ist!«

»Also, Daniel hat doch gesagt, viele ehemalige Schüler finden es bestimmt super, dass unsere Schulen zum ersten Mal ein gemeinsames Schulfest machen, und wären darum bereit, das Fest zu sponsern ... Da habe ich gedacht, dass vielleicht auch jemand ein neues Stipendium stiften würde, das nicht nur für ein Jahr gilt, sondern zum Beispiel von der Mittelstufe bis zum Abi.«

Lise schluckte. »Das ist aber viel Geld.«

»Für Tinka und uns, aber für jemanden, der wirklich reich ist und das auch noch von der Steuer absetzen kann ...« Ich war völlig hin und weg von meiner Idee. »Irgendeinen Ehemaligen oder eine Ehemalige wird es doch wohl geben, die es so richtig zu was gebracht haben!«

»Du bist total durchgeknallt!«, meinte Lise, sagte aber zu, ihren Vater zu fragen. »Vielleicht kann es sich ja jemand von seinen Golffreunden leisten oder der Lions Club ...«

Es war dann meine Oma, die eine hochkarätige Ehemalige auftat. Sie erinnerte sich nämlich an eine Mitschülerin, die einen Baron von Thyring-Teenhausen geheiratet hatte, dessen Familie als wohlhabend galt.

Oma versprach zu versuchen, den Kontakt zu ihr herzustellen. »Vielleicht könnten wir ja sogar mal ein Klassentreffen organisieren«, sagte sie. »Das habe ich schon lange vorgehabt.«

Sie schaffte es tatsächlich, einen Termin für uns bei der Baronin zu machen, und so fuhren Lise und ich zwei Tage später nach Bad Godesberg, um sie in ihrer Villa zu treffen.

Sie wirkte mit ihrem silbergrauen Haar viel älter als meine Oma, war aber eine wunderschöne Erscheinung, die mir glatt den Atem nahm. Wow, so jemand war mal an unserer Schule gewesen?! Wie edel!

Sie forderte uns auf, uns in die dicken, großen Sessel zu setzen, ließ Getränke bringen und Kekse und fragte dann nach unserem Anliegen.

Ich erzählte ihr zunächst von dem ersten gemeinsamen Schulfest und wie viel Überzeugungsarbeit es gekostet hatte, das durchzusetzen.

Sie lächelte bei meinen Worten. »Da habt ihr mehr Erfolg gehabt als wir«, meinte sie mit ihrer ruhigen, melodiösen Stimme. »Auch wenn die Zeiten sich ändern, Chapeau!«

Hm, dachte ich, das war ja schon mal ein guter Einstieg.

Dann erzählte Lise von dem Miss-Schulclub-Wettbewerb, was ihr auf Anhieb jedoch nicht so sehr zu gefallen schien.

»Und was kann ich in der Sache tun?«, fragte sie also eher zurückhaltend.

Nun schaltete sich Lise wieder ein und erklärte sachlich, dass unsere Miss durch ihre Persönlichkeit und

Klugheit eine hervorragende Repräsentantin der Schule abgeben würde und es doch schön wäre, wenn einige wohlhabende Ehemalige so eine begabte Schülerin durch ein Stipendium unterstützen würden. »Es zeigt Ihre Verbundenheit mit Ihrer alten Schule und kommt den Schülerinnen von heute zugute.«

Mir blieb vor Staunen der Mund offen stehen. Das hatte sie aber mal richtig gut vorgetragen!

Auch der Baronin schien Lises Art zu gefallen, denn sie erkundigte sich nach ihrem Namen und ihrer Familie. Es stellte sich heraus, dass ihr verstorbener Mann tatsächlich mit Lises Vater im gleichen Golfclub gewesen war. »Nun«, meinte die Baronin schließlich. »Ich finde eure Idee sehr gut und ich habe selbst schon einmal darüber nachgedacht, ob ich nicht einen kleinen Beitrag zur Förderung junger Mädchen leisten könnte. Das mit einem Stipendium an meiner alten Schule zu tun, ist wirklich reizvoll.« Sie bat sich jedoch ein wenig Bedenkzeit aus, um die Sache mit ihren Finanzberatern zu besprechen.

Ich krümelte vor Aufregung den Keks in meiner Hand so nach und nach auf den kostbaren Teppich.

»Aber ihr hört von mir«, sagte sie, als sie sich erhob. Und beim Abschied wandte sie sich an mich. »Und, ja, deiner Oma bestellst du bitte meine lieben Grüße. Richte ihr aus, dass ich mich auf ein Klassentreffen sehr freuen würde.«

Sie machte es wirklich.

Wenige Tage später wartete meine Oma am Mittagstisch mit der guten Nachricht auf. Die Baronin hatte am

Morgen Bescheid gegeben, dass sie eine Stiftung einrichten wollte, aus der alle zwei Jahre eine Schülerin der Mittelstufe ein Stipendium bis zum Abitur erhalten sollte, die sich durch die Wahl zur Miss Schulclub als besonders würdig erwiesen hatte.

Wie geil war denn das!

Natürlich musste ich sofort nach dem Essen Lise anrufen.

»Damit ist dann aber auch klar, dass es eine richtig ernsthafte Angelegenheit ist, die mit einem albernen Schönheitswettbewerb, wie ihn sich Doreen vorgestellt hat, wirklich nichts mehr zu tun hat«, sagte ich. »Und darum, denke ich, hat Tinka nun auch keine Ausrede mehr!«

Hatte sie tatsächlich nicht.

Als sich die *Wilden Rosen* am Nachmittag zum Eisessen trafen, teilte ich Tinka die neueste Entwicklung der Dinge mit.

Und so gab sie sich vor Zeugen einen Ruck. »Also gut, das ist natürlich eine viel zu große Verlockung. Das hieße ja, dass ich, wenn ich das Stipendium gewinne, nicht mehr abhängig von der Schulleitung bin und jedes Jahr erneut um die Verlängerung zittern muss. Wenn ein solcher Preis winkt, werden meine Eltern wohl auch nichts dagegen haben, dass ich an der Miss-Schulclub-Wahl teilnehme.« Aber ein wenig unglücklich sah sie doch aus, als sie fragte: »Und ihr meint echt, dass nicht alle nur nach Schönheit gehen und ich gegen Doreen eine Chance habe?«

»Aber hundertpro hast du eine Chance!«, riefen wir

einstimmig und ich fügte hinzu: »Mach uns zu deinen Managern und die Sache ist gebongt!«

Tinka sah mich scharf an. »Hatten wir nicht eine Abmachung? Wir beide zusammen oder keine!«

»Na ja«, versuchte ich meinen Kopf noch mal aus der Schlinge zu ziehen. »Es reicht doch eigentlich, wenn du ...«

Tinka protestierte sofort. »Nein, beide oder keine! Alleine traue ich mich das nicht und du könntest doch so ein Stipendium auch ganz gut gebrauchen, oder?«

Doch schon, konnte ich wohl, wenn ich an unsere schmale Haushaltskasse dachte, aber ... »Ich, ähm, will dir wirklich nichts wegnehmen, Tinka ...«

»Sehr großmütig«, meinte die jedoch nur. »Alleine trete ich da sowieso nicht an. Nie im Leben!«

Lise zog dann einen Schlussstrich unter die Debatte. »Also, Leo, wenn du es Tinka versprochen hast, musst du es auch halten. Ich finde es total cool, wenn ihr beide bei der Wahl antretet.«

Nun war ich es, die stöhnte. »Aber ich habe keine Chance, ich mache mich nur peinlich!«

Jenny grinste und sagte gnadenlos: »Tja, dann musst du das wohl tun – dich peinlich machen. Dann gibt es wenigstens mal was zu lachen.«

Und Miri meinte: »Du bist eine *Wilde Rose* und versprochen ist versprochen und wird auch nicht gebrochen!«

Konkurrenz belebt das Geschäft

Die Vorbereitungen für das Schulfest liefen auf Hochtouren, die Bewerberlisten für die Miss- und Mister-Schulclub-Wahlen wurden geschlossen und unsere erste Schulclubzeitung *Girls&Boys-Vision* erschien. Tinka, Thomas und Johannes hatten einen super Job gemacht.

Die Jungs hatten sich ebenfalls um einen Sponsor für ein Stipendium bemüht und es zeichnete sich Erfolg ab, aber es hatte sich nicht ein einziger Junge für die Wahl zum Mister Schulclub angemeldet.

»Feiglinge!«, schimpfte Lise.

Die Bewerberliste bei den Mädchen war dafür umso länger. Oje, dachte ich, da war es ja gar nicht einfach, unter die letzten fünf Kandidaten für die Endausscheidung zu kommen. Da sich Mädchen der gesamten Sek I bewerben konnten, waren auch einige Mädchen aus der neunten und zehnten Klasse dabei. Ob wir als Siebties mit denen mithalten konnten, da meldeten sich doch berechtigte Zweifel an. Doreen schien das aber gar nichts auszumachen, jedenfalls gab sie sich nach wie vor siegesgewiss.

Eine Jury war inzwischen auch gebildet worden und es saßen neben unserer Sponsorin Baronin von Thyring-Teenhausen die Direx der Jungenschule, unser Rektor, die Schulsprecher beider Schulen, Schwester Walburga und Frau Krämer drin. Was meine Aussichten ja nun gegen null tendieren ließ! Die Jury würde jeden Durchgang des Wettbewerbs bewerten und dafür Punkte vergeben. Nur die Kür in der Endausscheidung sollte dann während des Schulfestes von den Schülerinnen und Schülern beider Schulen bewertet werden. Wobei eine Gewichtung von zwei Drittel zu ein Drittel vorgesehen war. Das hieß, mit möglichst vielen Schülerstimmen konnte man das ein oder andere schwache Ergebnis bei den vorhergehenden Entscheidungen gut wieder ausbügeln.

Na ja, ich versprach mir weder vom einen noch vom anderen sehr viel. Wie konnte ich auch nur so blöd sein, mich darauf einzulassen? Na ja, es ging ja um Tinka und nicht um mich!

Es war überhaupt nicht meine Woche, denn auch mit der Erstausgabe der Schulclubzeitung gab es gleich wieder Ärger.

Zwar war die gesamte Auflage an beiden Schulen in kürzester Zeit komplett vergriffen, aber neben dem zahlreichen Lob, das uns für die Initiative erreichte und Tinka und Thomas als Chefredakteurin und Herausgeber nur noch mit megastolz geschwellter Brust durch die Gegend laufen ließ, gab es auch herbe Kritik. Und natürlich erwischte es mal wieder mich. Mein Artikel über die Vorstellungen unserer Mitschüler zu Liebe und Partnerschaft war meiner Klassenlehrerin Frau Krämer ein Dorn im Auge.

»Viel zu freizügig«, argumentierte sie. »Verstößt eindeutig gegen Geschmack und gute Sitten!«

Liebes Lieschen! Klar waren da ein paar deutliche Statements abgedruckt, besonders von Jungs, aber wenn sie sich nun mal so ausgedrückt hatten. Ich konnte ja schließlich nicht hingehen und ihre Äußerungen mit dem Rotstift zensieren!

Genau das verlangte Frau Krämer jedoch. »Natürlich liegt es in deiner Verantwortung, solche Äußerungen ein wenig, sagen wir mal, redaktionell zu überarbeiten, damit niemand daran Anstoß nehmen muss.«

»Aber damit verfälsche ich die Aussagen doch«, gab ich zu bedenken.

Frau Krämer wollte das Argument allerdings nicht gelten lassen. »Nein, Leonie, das finde ich nicht. Du hättest diese völlig unpassende, ähm, Jugendsprache durch Umschreibungen ersetzen können. Ich bin zutiefst enttäuscht von dir und betrachte es als eine erneute Provokation. Melde dich beim Rektor, er wird entscheiden, was zu geschehen hat. Wenn es nach mir ginge, würde die gesamte Auflage der Zeitung wegen dieses schändlichen Artikels eingestampft werden.«

Ich senkte reumütig mein Haupt und schlich aus der Klasse, dabei rieb ich mir jedoch innerlich die Hände. Von wegen gesamte Auflage einstampfen!, dachte ich. Das war ja Gott sei Dank gar nicht möglich, denn die komplette Erstauflage war ja bereits verkauft!

Nun, ich kam einigermaßen glimpflich aus der Situation raus.

Ich kriegte keinen Tadel, musste mich aber verpflichten, den gesamten Artikel noch einmal in »anständigem« Deutsch abzutippen und je ein Exemplar beim Rektor und bei Frau Krämer abzugeben.

»Wirklich, eine interessante Untersuchung«, meinte der Rektor zum Abschied sogar und versprach die »gesäuberte« Fassung am Schwarzen Brett auszuhängen.

Ich machte, dass ich wegkam, und überlegte, wie ich schnellstens an eine Übersetzungshilfe kam.

Lise grinste: »Wie wäre es mit dem Lexikon der Jugendsprache? Gibt's in der Stadtbücherei!«

»Sehr witzig«, entfuhr es mir. »Hast wohl einen Clown gefrühstückt!«

In der Freistunde hockten die *Wilden Rosen* im Clubraum und betrachteten die eingegangenen Bewerbungen für die Miss-Schulclub-Wahl. Zwar fanden es alle ziemlich blöd, dass sich keine Jungen beworben hatten, andererseits waren wir aber auch froh darüber, weil uns auch so schon die Arbeit über den Kopf wuchs. Außer Tinka, Doreen und mir hatten sich noch einige Mädchen aus den achten, neunten und zehnten Klassen beworben und natürlich Doreens Busennatter Sabrina. Die wohl nur zu Doreens Unterstützung.

Wir sahen uns die Fotos der Kandidatinnen an und fanden, dass wirklich ausgesprochen hübsche Mitschülerinnen dabei waren. Das freute mich wegen Tinka nun nicht so sehr. Hoffentlich waren die nur blond und ansonsten blöd!

Daniel packte schließlich alle Bewerbungsbögen zusammen und schob sie in einen Umschlag. Er klebte ihn zu und ließ uns alle abzeichnen. Er stand auf.

»So, den bringe ich jetzt zu unserer Direx. Die ist Vorsitzende der Jury und da sind die Bewerbungen am besten aufgehoben. Kommst du mit, Leo?«

»Meinst du, Tinka hat eine Chance?«, fragte ich ihn auf dem Weg ins Rektorat.

»Warum fragst du mich das?«, sagte er mit einem Lächeln. »Mich interessiert viel mehr, ob du eine Chance hast!«

Ich boxte ihn scherzhaft in die Seite. »Habe ich nicht! Du weißt doch genau, dass ich nur wegen Tinka mitmache.«

»Warum so bescheiden! Wäre ich in der Jury, hättest du alle Chancen der Welt, meine Miss Schulclub zu werden!«

Inzwischen machte auch der Tanzkurs Fortschritte. Zwar hatte Doreen inzwischen unser Abklatschsystem durchschaut und schaffte es immer mal wieder, Thomas doch noch zu ergattern, aber einen erheblichen Teil der Kurszeit tanzte Thomas auch mit Tinka. Besonders nach dem Wellness-Weekend hatte ich den Eindruck, dass er das sogar ganz gerne machte. Und manchmal hatte er beim Schwofen mit ihr einen so verklärten Blick, dass ich wetten mochte, er stellte sich vor, wie er ihren nackten Body in seinen Armen halten würde. Wie der aussah, wusste er ja nun.

Bald nach dem Schulfest würde der Abschlussball steigen. Ich hoffte inständig, dass wir bis dahin Doreen so unmöglich gemacht hatten, dass Thomas mit der auf keinen Fall zum Ball gehen würde, sondern mit Tinka. Wie sie gerade mit einem Wiener Walzer durch die Halle wirbelten, waren sie für mich mal wieder das absolute Traumpaar.

Das empfand Doreen wohl auch so, denn als sie mit

Blondie an mir und Daniel vorbeitanzte, warf sie den beiden einen äußerst neidischen und missgünstigen Blick zu. Liebes Lieschen!

Aber Doreen ließ Thomas natürlich nicht freiwillig aus ihren Klauen. Jedenfalls berichtete Lise total frustriert, dass Doreen immer noch bei ihm auflief und bei ihm auf der Bude hockte. »Er meint, er fände sie etwas nervig, aber wenn sie sich schon so an ihn ranwerfen würde … Schließlich wäre sie besser als gar keine Freundin!«

Hm, dachte ich, das ließ doch noch hoffen – einfach würde es allerdings nicht werden, ihn von Doreen auf Tinka umzupolen. Die war nämlich ganz und gar nicht der Typ, der sich einem Jungen an den Hals warf. Da musste der Herr der Schöpfung schon selber mal Aktion entwickeln. Und danach sah es ja nun gar nicht aus.

Da dies also eine scheinbar hoffnungslose Sache war, wechselten wir schnell das Thema. Ein Mathetest stand an und Tinka hatte sich bereit erklärt, mir und Lise ein wenig Nachhilfe zu geben. So trafen wir uns denn bei Lise und das Verhängnis nahm seinen Lauf.

Ein dummer Zufall warf uns wieder total zurück.

Als Tinka mal eben zur Toilette musste, verließ sie kurz Lises Zimmer. Aber kaum war sie draußen, kehrte sie auch schon wieder zurück. Leichenblass und mit Tränen in den Augen. Niemand konnte aus ihr rauskriegen, was passiert war. Sie war von da an total durch den Wind, ließ sich völlig hängen und meinte nur depressiv: »Es hat doch alles keinen Sinn!«

Als Nachhilfelehrerin war sie nicht mehr zu gebrauchen. Oje, die Arbeit würde den Bach runtergehen!

Ich erfuhr dann auch bald, was passiert war, denn kaum hatte ich meine Butze betreten, rief Lise an.

»Ich kann dir sagen, was los war«, kam sie ohne Umschweife gleich zur Sache. »Tinka hat Thomas und Doreen im Flur beim Knutschen überrascht!« Ihre Stimme zitterte vor Wut. »In unserem Haus! Dass er mir so was antut!«

Dass er Tinka so was antut, dachte ich und fand das noch sehr viel schlimmer.

»Ich könnte mich schwarzärgern, dass Thomas ausgerechnet auf so eine hinterlistige Zicke hereinfallen muss!«

»Dafür kannst du ja nun wirklich nichts«, versuchte ich Lise zu trösten. »Aber Tinka ist natürlich völlig von der Rolle und total demotiviert.«

»Dann müssen wir sie ganz schnell wieder motivieren«, meinte Lise. »Das fehlte noch, dass Doreen die Wahl gewinnt und sich bei Thomas einnistet! Echt, dann wandere ich nach Timbuktu aus.«

Da ich ihr in der Hinsicht wenig Trost spenden konnte, hängte ich sie ab und rief Tinka an.

Hm, wie kam ich denn mal elegant auf das Thema Doreen und Thomas zu sprechen, ohne gleich mit der Tür ins Haus zu fallen und noch mehr Porzellan zu zerschlagen? Aber wie es nun mal so meine Art ist, ploppte es dann doch reichlich unkontrolliert aus mir heraus. »Äh, Tinka, Lise ist ja so was von stocksauer ... Sie ärgert sich total, dass Doreen sich so an Thomas ranwirft. Der arme Junge ist völlig verwirrt, besonders nachdem Doreen, äh, du weißt schon ...«

»Was weiß ich?«, spielte sie die Ahnungslose.

Nun übertrieb sie ihre gespielte Ahnungslosigkeit etwas, fand ich, und so sprach ich Klartext: »Dass sie mit ihm rumgeknutscht hat!«

Schweigen am anderen Ende. Hoffentlich hatte ich ihr jetzt keinen Schock versetzt. Vielleicht war das nun doch ein bisschen hart gewesen. Aber ihre Stimme klang erstaunlich fest, als sie sagte: »Ist mir doch egal, was Doreen mit Thomas macht.«

Hm, die war ja echt ein Muster an Selbstbeherrschung, denn es war mehr als deutlich, dass es ihr ganz und gar nicht egal war. Hm, wie konnte ich sie denn ein bisschen aufbauen? Mir fiel nichts Gescheites ein und so sagte ich halbherzig: »Du, Doreen werden wir es morgen zeigen, die wird bei dem Interview total ablosen gegen uns!«

Wieder keine Reaktion von Tinka. Schließlich ein Seufzer und die frustrierte Bemerkung: »Ich sollte das Ganze besser lassen. Habe doch eh keine Chance. So eine wie Doreen, die bei allen Lehrern beliebt ist und der das Selbstbewusstsein aus allen Knopflöchern blitzt, fegt mich doch sofort aus den Rängen.«

»Tut sie nicht!«, rief ich, glaubte allerdings selber nicht recht daran.

Natürlich brillierte Doreen im ersten Durchgang der Miss-Schulclub-Wahl. Er fand in der Aula der Annen-Schule statt und alle Schülerinnen der Mittelstufe durften zuschauen, wie die Kandidatinnen zu ihrem Persönlichkeitsprofil befragt wurden.

Das hätte ich auch lieber getan, als mich Tinka zuliebe peinlich zu machen. Dummerweise kam ich unmittelbar vor Doreen als Zweite dran, und weil hinter der Bühne eine total nervöse Stimmung herrschte und die *Wilden Rosen* ständig aufmunternd auf Tinka und mich einredeten, bekam ich kaum etwas vom Geschehen auf der Bühne mit. Dabei wäre es sicherlich nicht schlecht gewesen, wenn ich ein wenig über den Ablauf dieses Vorstellungsgesprächs informiert gewesen wäre. So lief ich also ziemlich ahnungslos auf.

Zu allem Unglück hatte auch noch Frau Krämer es übernommen, die Fragen zu stellen, was mein Herz gleich von seinem angestammten Platz im Brustkorb in meine Jeans beförderte.

»Wir kommen nun zur zweiten Kandidatin«, sagte Frau Krämer und bedeutete mir, auf einem Sessel Platz zu nehmen, der in einem grellen Scheinwerferkegel mitten auf der leeren Bühne stand. Sie drückte mir ein Mikro in die Hand und trat dann wieder in den Schatten, aus dem heraus sie dann quasi anonym und unsichtbar wie aus dem Off sprach. »Bitte, nenn uns deinen Namen.«

Name, äh, ja, wie, wie hieß ich denn mal gleich ...? Himmel, war das peinlich! Der Scheinwerfer blendete mich und brachte mich total ins Schwitzen. Und die Vorstellung, dass da irgendwo im Dunkeln fast zweihundert Mitschülerinnen der gesamten Mittelstufe hockten, trieb mir zusätzlich den Schweiß auf die Stirn. Oje, das sah man doch bestimmt, gleich rann mir das Wasser sicher in Bächen über das Gesicht und ich würde den Eindruck erwecken, als wäre ich in der Sauna. Ungefähr so fühlte ich mich auch, allerdings weit weniger relaxed.

Also ja, wie war die Frage? – Richtig, mein Name.

»Leo, Leo Pibusch«, ploppte es aus mir heraus.

Frau Krämer sah mich missbilligend an. »Hier steht Leonie, Leonie Pibusch.«

Liebes Lieschen, war die kleinlich!

»Ähm, ja, Leonie ist richtig, Leo ist mein Nickname.«

Hühnergegacker im Publikum. Das waren bestimmt ein paar von Doreens blöden Hennen, denn so witzig war ja mein Statement nun auch nicht.

Die Befragung ging weiter.

»Nun, Leonie, dann sag uns doch bitte mal, warum du dich an diesem Wettbewerb beteiligst. Was an deiner Persönlichkeit scheint dir geeignet, Miss Schulclub zu werden?«

Hm, eigentlich nichts. Uups! Das hatte ich doch nicht wirklich gesagt?! Ich war ja wohl nicht mehr zu retten!

»Nichts?«, fragte Frau Krämer megaverblüfft.

»Äh, nein, äh, ja, äh, ich meine ...«

Sie hatte sich wieder gefangen und schwieg einstweilen. Vermutlich hielt sie meine momentane Verwirrung bereits wieder für einen Sabotageakt an dieser Veranstaltung, die sie doch nun, nachdem sie einmal beschlossen worden war, ganz seriös durchführen wollte. Eine stammelnde, stotternde Leonie Pibusch passte überhaupt nicht in ihr Konzept.

Ich versuchte zu retten, was nicht mehr zu retten war. »Äh, ja, ich wollte ja nur sagen, dass ich mich eigentlich gar nicht bewerben wollte und es nur, ähm, einer Freundin zuliebe getan habe ... äh ... ja ... Und außerdem finde ich, dass Doreen hier völlig fehl am Platze ist ...« Uups, das ging jetzt aber voll in die Hose. Ich war doch wohl so was von blond!

Frau Krämer ging ab wie eine Rakete. Sie trat aus dem Dunkel und schaute höchst pikiert über ihre dünne Nasenspitze. »Leonie Pibusch. Wir wollten etwas über deine Motivation hören, um uns ein Bild darüber zu machen, ob du eines Stipendiums würdig bist. Stattdessen setzt du andere Kandidatinnen herab. Das ist alles andere als Fair Play.«

O Gott, was hatte ich getan? Wozu hatte ich mich hinreißen lassen! Ich war total durch den Wind.

Frau Krämer schaute zu den anderen Jurymitgliedern hinüber, die an einem langen Tisch an der linken Bühnenseite saßen.

»Ich beantrage Leonie vom weiteren Wettbewerb wegen unkameradschaftlichen Verhaltens auszuschließen«, sagte sie. »Können wir darüber abstimmen?«

Erde, tu dich auf, verschluck mich, aber bitte, ganz, ganz schnell! Unkameradschaftlichkeit! Was für ein unberechtigter Vorwurf! Wo ich doch alles für meine Freundinnen tat. Aber es ging ja nicht um meine Freundinnen, sondern um Doreen. Na ja, und ehrlich gesagt hegte ich für die ja nun wirklich nicht gerade freundschaftliche Gefühle. Natürlich hätte ich mir diesen Schnitzer nicht erlauben sollen. Das war kein guter Stil. Ich hatte halt so einen Zorn auf sie und ich wünschte doch Tinka den Sieg so sehr, da hatte ich einfach nicht überlegt! Merde!

Irgendwie hatte sich am Jurytisch eine Diskussion entsponnen, deren Gegenstand ich war. Scheinbar hatte ich ein paar Fürsprecher gefunden, die nicht wollten, dass ich schon jetzt vom Wettbewerb ausgeschlossen wurde.

Hm, vielleicht sollte ich mich entschuldigen?

»Ähm«, machte ich mich zaghaft bemerkbar, »das, äh, das wollte ich nicht, Doreen herabsetzen … Also, sie kann ja schließlich machen, was sie will … Ich wollte ja eigentlich nur sagen, dass ich nicht unbedingt gewinnen will, weil, äh, da gibt es wirklich bessere Kandidatinnen, äh, zum Beispiel … Tinka … äh … ja …«

Ich sollte den Gutschein für die Irrenanstalt nehmen. Das war doch nun auch schon wieder völlig daneben. Jetzt waren nicht nur meine Chancen, die ja eh nie bestanden hatten, zum Teufel, sondern ich zog auch noch Tinka in den Abwärtsstrudel mit rein.

Gott sei Dank schaltete sich Schwester Walburga nun ein und erklärte: »Leonie, bei so einem Wettbewerb gibt es ein ungünstiges Bild ab, wenn eine Kandidatin über andere Kandidatinnen spricht, sei es nun negativ oder positiv. Ich denke, in deiner impulsiven Art hast du darüber nicht nachgedacht …«

Nee, hatte ich echt nicht, da musste ich ihr recht geben.

»… deshalb, denke ich, sollte die Jury, diese Bemerkungen von dir nicht so schwer gewichten. Willst du uns denn nun mal etwas von deinen Hobbys erzählen?«

Ich nickte, ja, Hobbys war gut, ähm, ja, also im Prinzip schon … aber, was, ähm, hatte ich eigentlich für Hobbys?

Blackout.

»Ja, also«, sagte ich wie in Trance, »meine liebsten Hobbys sind ja zurzeit der Schulclub, der Tanzkurs und, äh, mein Freund …«

»Danke«, sagte Frau Krämer und ich dachte, na, das war es dann ja wohl, sprang aus dem Stuhl auf und stürzte hinter die Bühne. Aus dem Zuschauerraum schwappte mir wie eine riesige Welle giggelndes Gelächter hinterher. Ich hörte noch ein Jurymitglied, ich glaube, es war die Direx der Jungenschule, etwas von sehr eigenwilliger und spontaner Persönlichkeit sagen, dann presste ich mir die Fäuste auf die Ohren und dachte: how bizarr!

Klar, dass nach diesem Chaos-Auftritt von mir jede andere Kandidatin tausendmal besser rüberkam und Doreen als die Nächste profitierte natürlich total von dem Desaster. Sie stellte sich brav mit vollem Namen vor, erzählte von ihrem Elternhaus und ihren Hobbys, betonte, dass sie eine gute Schülerin sei, sich als Klassensprecherin verdient gemacht habe und sich selbst für eine gute Vertreterin der Schule in der Öffentlichkeit halte. Sie verzichtete auf jede Polemik und begnügte sich damit, ihre Beine ordentlich übereinanderzuschlagen und ein wenig arrogant zu lächeln.

»Danke, Doreen«, sagte Frau Krämer schließlich, »das war sehr interessant. Möchtest du noch ein letztes Wort loswerden, vielleicht über den Wettbewerb?«

Doreen stand auf, nickte und trat dann an den Bühnenrand, um megaeffektvoll ins Publikums zu rufen: »Ich liebe diesen Wettbewerb, denn er veranlasst uns Kandidatinnen, für das Ansehen unserer Schule das Beste aus uns herauszuholen. Auch wenn andere das anders sehen, ich bin absolut für Fair Play ... Möge die Beste gewinnen!«

Abgang unter tosendem Beifall, in den selbst die Jury mit einstimmte. Ich hätte sie erwürgen können.

»Das hat sie doch voll aus einem amerikanischen Highschoolfilm abgeguckt!«, zischte ich Lise zornig zu. »Das ist doch nicht auf ihrem eigenen Mist gewachsen!«

Lise zuckte die Schulter. »Und wenn schon, sie hat damit auf jeden Fall gepunktet.«

So ein Shit!

Es kam nun erst einmal eine Reihe anderer Kandidatinnen zum Teil aus höheren Klassen dran, aber das musste der Neid Doreen lassen, sie boten nicht wirklich eine bessere Show. Tja, und dann als vorletzte Kandidatin wurde Tinka auf die Bühne gerufen.

Im Gegensatz zu mir kannte sie ja nun schon den Ablauf und schlug sich wacker. Sie beantwortete die Fragen mit fester, ruhiger Stimme, die nur einmal ins Wanken geriet, als Frau Krämer, die das Interview durchaus wohlwollend geführt hatte, fragte, warum Tinka sich denn an dem Wettbewerb beteiligen würde, wo sie doch schon ein Stipendium von der Schule bekäme.

Tinka wurde ganz plötzlich rot und geriet ins Stottern. »Ähm, ja, stimmt, aber es, es ist ja immer nur, äh, für ein Jahr und es, es wäre schon gut, zu wissen ...«

Sie brach mitten im Satz ab und Frau von Thyring-Teenhausen kam ihr freundlich zu Hilfe. »Du möchtest gerne eine langfristig sichere Perspektive haben, Katinka, nicht wahr?« Als Tinka stumm nickte, fügte sie verständnisvoll lächelnd hinzu: »Das kann ich verstehen und ich bewundere deinen Mut, obwohl du es ja durch das Hochbegabtenstipendium nicht nötig hättest, dich diesem Wettbewerb zu stellen.«

Auch Tinka gestattete Frau Krämer danach noch ein Schlusswort und sie sagte, obwohl sie sichtlich geschafft wirkte: »Es, es wäre mir eine Ehre, die Schule in der Öffentlichkeit zu repräsentieren.«

Das kam echt cool rüber, fand ich, und tatsächlich wurde auch ihr Abgang von Beifall aus Publikum und Jury begleitet.

So hatten also alle einen ganz guten Eindruck hinterlassen, nur ich hatte mich mal wieder völlig unmöglich gemacht.

Als ich mit Lise im Bus nach Hause fuhr, nölte ich rum: »Ich habe es Tinka doch gleich gesagt, dass ich mich nur peinlich mache. Da hilft das beste Styling nichts. Wer nur dummes Zeug labert wie ich, der sollte wirklich zurücktreten.« Ich sah Lise entschlossen an. »Du, das mache ich auch. Ich ziehe gleich morgen früh meine Kandidatur zurück.«

»Nichts wirst du«, sagte Lise. »Die Situation und Frau Krämer haben dich einfach nervös gemacht. Das wird auf jeden Fall besser. Und wir brauchen dich in der Bewerbergruppe als Unterstützung für Tinka. Also reiß dich am Riemen. Du wolltest doch eh nicht gewinnen.«

Na ja, damit hatte sie allerdings recht und so gab ich resignierend meine Zustimmung. Wenn das nicht megakameradschaftlich war!?

Bei der nächsten Runde lief es dann tatsächlich besser. Jedenfalls wurde mein Auftritt nicht gleich zum Chaostrip.

Der Intelligenztest war wie eine Quizshow organisiert, wobei immer der punktete, der zuerst die Antwort wusste. Einige der älteren Mädchen waren dabei sehr gut, aber auch Doreen hielt super mit. Tinka jedoch war diesmal der absolute Überflieger. Das Mädchen wusste aber auch fast alles und ging darum völlig zu Recht als Siegerin aus diesem Teil des Wettbewerbs hervor.

Sehr zum Leidwesen von Doreen, die lediglich auf dem sechsten Rang landete, seltsamerweise sogar noch hinter mir, was wiederum Frau Krämer offenbar völlig erstaunte.

Schwester Walburga aber und Frau Thyring-Teenhausen lächelten mir sehr freundlich und aufmunternd zu, so als wollten sie sagen: Na bitte, steckt doch mehr in diesem roten Powerlockenkopf, als es zunächst den Anschein hatte.

Das baute mich unheimlich auf und so ging ich wohl mit einem stillen, hoffnungsfrohen Lächeln von der Bühne, als Giftnatter Sabrina mich völlig unerwartet von der Seite anzischte: »Freu dich nicht zu früh, Leonie, den Punkterückstand aus der ersten Runde holst du eh nie mehr auf. Du gewinnst niemals!«

»Und wer behauptet, dass ich das will?«, gab ich pampig zurück, obwohl ich ja eigentlich ihre Bemerkung besser ignoriert hätte.

Sabrina sah mich etwas verblüfft an, drehte sich dann ohne ein weiteres Wort um und ging zu Doreen hinüber. Bei der hakte sie sich ein und zog sie aus der Aula. Sie kicherte auffällig und ich hörte sie überlaut sagen: »Na, wenigstens sieht Leonie allmählich selber ein, dass sie keine Chancen hat. Dir könnte sie sowieso nie das Wasser reichen.«

Schleim, schleim, schleim!

Die dritte Runde war die Rhetorikprüfung mit der Selbstpräsentation. Hm, da würde Tinka wohl nicht so problemlos punkten können. Mir hingegen machte diese Aufgabe total Spaß. Denn wenn ich etwas konnte, dann war es Leute volllabern.

Also trafen wir uns am Nachmittag vorher, um noch mal ein wenig an Styling und Auftritt zu arbeiten und Tinka einzunorden. Daniel und Johannes waren auch gekommen, um sozusagen als unabhängige Gutachter ihre Meinung zu äußern. Natürlich stand auch ich auf dem Prüfstand, denn noch mal wollte ich nicht so ein deprimierendes Bild wie bei der ersten Vorstellung abgeben.

Aber dann hatte Tinka eine coole Überraschung für uns. Sie trug nämlich eine neue Brille. Total niedlich, unauffällig und super zu ihrem Gesicht passend. Nein, wie toll!

»Ich, äh, brauchte eh mal wieder eine neue Stärke«, sagte sie etwas verlegen. »Schön, dass sie euch gefällt. Die Verkäuferin meinte, sie wäre was für meinen Typ.«

War sie, war sie absolut!

Mauerspechte und Missgefechte

Das Schulfest und die Misswahl verdrängten fast alles andere in meinem Leben, sogar Daniel. Und das ging ja nun ganz und gar nicht!

Das wurde mir bewusst, als ich an meinem Schreibtisch saß und überlegte, wie ich denn zu dem Thema Frieden eine zündende Rede halten konnte. Ich war ja wirklich nicht auf den Mund gefallen und so wichtig es war, sich über den Frieden Gedanken zu machen, so abgelutscht war es gleichzeitig. Kein Tag verging, an dem nicht irgendein Politiker dazu seinen Senf absonderte oder ein Journalist in Zeitung oder Fernsehen seinen Kommentar dazu abgab. Wie sollte ich da noch einen originellen, die Leute von den Sitzen reißenden Zugang finden? Frieden, Frieden, Frieden …

Ich musste Daniel anrufen. Er hatte mir seine Hilfe versprochen und vielleicht hatte er ja einen genialen Einfall.

Daniel! Wurde höchste Zeit, dass der ganze Schulfest- und Misswahlen-Stress endete und wir mal wieder in Ruhe am Rhein sitzen und Händchen haltend den Schiffen zuschauen konnten.

Daniel freute sich mächtig über meinen Anruf, aber ehe ich überhaupt mein Anliegen loswerden konnte, erzählte er mir den neuesten, genialen Einfall, der dem Schulfest-Team gekommen war. »Wir reißen die Mauer ein!«, sagte er mit triumphierender Stimme.

»Nein?! Wie soll das denn gehen?« Ich konnte es ja gar nicht glauben. Seit fast einem Jahrhundert stand die Mauer zwischen unseren beiden Schulen und nun sollte sie wirklich fallen?

»Na ja, nicht direkt fallen. Also wir werden nicht die ganze Mauer umstürzen können, aber wir haben eine total gute Idee, wie wir sie wenigstens an einer Stelle durchlässig machen können.«

»Eine Tür?«, fragte ich gewitzt, wie ich war.

»Kluges Mädchen!« Daniels Stimme klang belustigt. »Wir haben herausgefunden, dass die Mauer zwar von der Mädchenschule errichtet wurde, aber dabei ist ein kleiner Fehler unterlaufen ...«

»Ein Fehler? Was für ein Fehler?« Ich war so was von gespannt.

»Die Mauer steht auf städtischem Gelände. Das heißt, auf dem Gelände der Max-Planck-Schule.«

»Nein!«

»Doch, jedenfalls an einigen Stellen. Da ist denen beim Bauen der ein oder andere Vermessungsfehler unterlaufen. Steffen hat im Geografieprojekt die Idee gehabt, mal das Schulgelände zu vermessen, und als er die Ergebnisse mit den Plänen vom Katasteramt verglichen hat, ist es ihm aufgefallen.«

»Wie genial! Der Junge ist ja super!«, rief ich voller Anerkennung. »Und nun?«

»Nun werden wir an einer Stelle, die auf unserem Gelände liegt, eine Tür durchbrechen. Die Genehmigung von unserer Direx haben wir schon. Es muss nur erst mal geheim bleiben, bis alles geregelt ist.«

Nein, wie krass! Das würde aber für Aufsehen sorgen! Und das vor versammelter Presse. Obercool!

Vor Begeisterung über diese Idee vergaß ich ganz, dass ich eigentlich Daniel um Hilfe für meine Rede bitten wollte. Das fiel mir erst wieder ein, als ich das Gespräch mit ihm beendet hatte. Ich rief sofort wieder an, aber es meldete sich nur seine Mailbox. Hm, sehr schade. Und verabredet hatte ich mich mit ihm auch nicht. So ein Mist! Es wäre wirklich besser, wenn bald mal wieder der Alltag einkehrte – mit genügend Zeit für Verliebte!

Ich pflanzte mich wieder hinter meinen Schreibtisch.

Frieden. Frieden? FRIEDEN!!!

Ich schrieb das Wort auf ein weißes Blatt Papier, starrte es erwartungsvoll an und hoffte, dass mir eine Eingebung kommen würde. Mitnichten! Es tat sich gar nichts. Die kleinen grauen Zellen in meinem Gehirn schienen gerade eine Auszeit genommen zu haben, was ich ihnen nach den Strapazen der letzten Tage nicht mal verdenken konnte.

Dennoch, so ging es natürlich nicht. Los, Brain, komm in die Gänge! Hm, vielleicht sollte ich ihm etwas Nervennahrung zuführen. Ein paar Vitamine vielleicht? Die konnten auf keinen Fall schaden.

Ich stand auf und stieg in die Küche runter, wo Peppi mit Oma einen Kuchen backte. Das heißt, einen Kuchen zu backen hatten sie wohl vorgehabt, aber im Moment schienen sie sich fürchterlich zu streiten. Peppi hatte jedenfalls einen hochroten Kopf und schimpfte wie ein Weltmeister. Auf dem Höhepunkt seiner Schimpftirade sprang er vom Tisch auf, warf eine offene Mehltüte auf die Tischplatte, dass es staubte, und blökte: »Frau! Das ist doch mal wieder typisch Frau! Immer wollt ihr recht haben! Bald hat man als Mann ja überhaupt nichts mehr zu sagen!« Er drehte sich um und schmiss mit lautem Knall die Tür hinter sich zu.

»Ähm, darf man erfahren, worum es ging?«

Oma grinste. »Um den Kampf der Geschlechter. Ich habe gemeint, ich backe den Kuchen nach Gefühl, und Peppi wollte die Zutaten auf jedes Gramm genau abwiegen … Dabei weiß ich wirklich nicht, wie viel von allem genau in den Kuchen reinkommt. Ich backe ihn seit dreißig Jahren und ich habe mir darüber noch nie einen Kopf gemacht. Er gelingt immer.«

Ich musste auch lachen. Da war mal wieder typisch Mann.

»Männer können uns einfach nicht verstehen«, sagte Oma und im selben Moment klickerten bei mir im Gehirn die Cents, als hätte ich an einer Slotmaschine den Jackpot geknackt.

Ich rannte zu Oma, drückte ihr ein Küsschen auf die Wange und jubelte: »Danke, Oma, tausend Dank, du hast meine Rede für die Misswahl gerettet!« Unter ihrem megaerstaunten Blick raste ich aus der Küche und rauf in meine Bude.

Ich nahm mir ein neues Blatt Papier und einen Stift und schrieb mit vor Aufregung leicht zitternder Hand:

Frieden – Wie man den Krieg zwischen den Geschlechtern beenden kann.

Dann rannte ich in Mamas Arbeitszimmer runter und plünderte erst mal ihr Bücherregal. Super, sie besaß jede

Menge Literatur zu dem Thema. Hatte sie wohl alles während der Scheidung gekauft. Ich schleppte einen ganzen Stapel Bücher in meine Bude, warf sie auf mein Bett und mich gleich hinterher, dann vertiefte ich mich in die Lektüre.

Das wollten wir doch mal sehen, ob ich in dieser Disziplin nicht endlich mal richtig punkten konnte!

Die Aula war brechend voll. Sogar die örtliche Presse und Johannes als Berichterstatter für unsere Clubzeitung waren da. Aber auch diese Entscheidungsrunde verlief völlig chaotisch, und das lag diesmal ausnahmsweise nicht an mir.

Ich hatte einen meiner Ansicht nach sehr witzigen Vortrag darüber geschrieben, warum Frauen und Männer sich ständig gegenseitig missverstehen und bekämpfen. Nachdem ich Lise einige Teile daraus vorgelesen hatte, war sie total zuversichtlich, dass ich diesmal Erfolg bei der Jury haben würde. »Das ist super formuliert«, hatte sie gelobt, »humorvoll und eine absolut coole Interpretation des Themas. Die werden ihren Ohren nicht trauen.«

Es lief dann ganz gut, aber ob es im Sinne der Jury war? Jedenfalls gab es im Saal jede Menge Lacher und auch Frau von Thyring-Teenhausen, die Direx der Jungenschule und Schwester Walburga hatten hin und wieder ein Schmunzeln auf den Lippen. Frau Krämer allerdings guckte verkniffen wie immer, wenn ich nur den Mund aufmachte.

Zur visuellen Unterstützung meiner Rede hatte ich mir ein paar Folien gemacht und das kleine Streitgespräch zwischen einem Mann und einer Frau über das Eierkochen von Loriot auf CD mitgebracht.

Als ich dann die nächsten Vorträge von den älteren Schülerinnen und Doreen über den Weltfrieden hörte, kam ich mir plötzlich mit meiner Interpretation des Themas ziemlich albern vor. *Männer sind vom Mars, Frauen von der Venus!* Wie blöde war denn das? Überall auf der Welt loderten Krisenherde, die den globalen Frieden bedrohten, und ich beschäftigte mich mit dem Kleinkrieg zwischen Mann und Frau. Mal wieder typisch Leonie! Pibusch durch und durch!

Ich wollte gerade voll den Blues schieben, als ich hinter der Bühne sah, wie Doreen mit einer offenen Flasche Sekt auf Tinka zusteuerte und vertraulich grinsend säuselte: »Komm, Stößchen! Trink mal einen Schluck. So ein bisschen Sekt bringt die grauen Zellen in Schwung und macht dich locker.«

Natürlich lehnte Tinka ab. Dass von Doreen nichts Gutes kommen konnte, musste ihr ja wohl auch klar sein. Doreen blieb jedoch beharrlich an ihr kleben und sülzte auf sie ein. Was genau sie Tinka sagte, konnte ich leider nicht verstehen, aber sie musste sich ordentlich ins Zeug gelegt haben, denn schließlich drückte sie Tinka die ganze Flasche in die Hand.

Ging es der noch gut?, dachte ich sofort wütend und lief zu Tinka rüber. Ich kam allerdings zu spät. Trotz ihrer zwiespältigen Daniel-Knopfaugen-Teddybär-Alk-Erfahrung beim Altstadtfest hatte Tinka sich in ihrer Nervosität von Doreen tatsächlich beschwatzen lassen und trank in mehreren, langen Zügen den Sekt direkt aus der Pulle. Was sollte ich tun?

Klar, mir war auch heiß, die Luft in dem kleinen Raum hinter der Bühne war total stickig und die Zunge pappte mir am Gaumen. Sekt war jedoch garantiert nicht der richtige Durstlöscher. Mist! Ich witterte natürlich gleich Gefahr, denn wenn Doreen Tinka Alkohol anbot, dann verband sie doch irgendeine miese Absicht damit.

Ich zog Lise zurate, die von Doreens Aktion noch nichts mitgekriegt hatte. »Du, Doreen füllt Tinka mit Alk ab. Die plant doch was!«

Das fand Lise auch und galoppierte sofort auf Tinka zu, um ihr die Sektflasche abzunehmen.

Das Mädchen wehrte sich aber. »Nun lass doch«, sagte Tinka ziemlich störrisch. »Ich bin schließlich kein Baby mehr, das eine Kinderfrau braucht. Doreen hat angesichts des Themas unserer Vorträge angeboten Frieden zu schließen, das konnte ich schließlich nicht ausschlagen. Übrigens kann ich schon selber abschätzen, was mir bekommt und was nicht. Ist doch erfrischend.«

»Das bezweifle ich«, blieb Lise hartnäckig. »Du gehst doch Doreen voll auf den Leim! Die will doch auf die Art nur deine Rede sabotieren.«

»Wie, wieso? Mir, mir geht es doch prima. Ich fühle mich sogar richtig gut. Bin total locker drauf … Genau wie Doreen gesagt hat.«

Ach herrje, das war ja schlimmer, als ich gedacht hatte, und das Allerschlimmste war, Tinka kapierte kein bisschen, dass sie in eine Falle getappt war. Im Gegenteil, sie hielt sich für total fit und merkte gar nicht, dass sie zumindest leicht beschwipst war, wenn nicht gar richtig angeschickert. Kein Wunder, denn als Lise ihr endlich die Sektflasche wegnehmen konnte, war nur noch am Boden ein ganz kleines bisschen drin. Himmel! Hatte das Mädchen die Pulle geext? Die hatte ja wohl wirklich überhaupt keine Erfahrung mit Alkohol. Aber so hochbegabt, wie sie war, müsste sie ja eigentlich wissen, dass Sekt in solchen Mengen und in so kurzer Zeit geschluckt nicht ohne Folgen bleiben konnte.

Wie kriegte ich sie denn nun ganz schnell wieder nüchtern? Keine Chance! Sie wurde gerade auf die Bühne gerufen, und weil ich ihr helfen wollte, raunte ich ihr zu: »Halt dich genau an dein Konzept!«

Wenn sie ihre Rede wortwörtlich vorlas, würde schon nichts schiefgehen. Das war dann zwar sicherlich kein rhetorisches Highlight, aber eben auch kein Desaster.

Nun ja, half alles nichts …

Tinka hatte sich das Thema *Der Kampf gegen die Armut als Voraussetzung für den Weltfrieden* vorgenommen und sie stieg auch sehr schwungvoll und überzeugend ein. »Ich möchte meine Ausführungen nun mit einem Gedanken des französischen Philosophen André Glucksmann beginnen, für den das Recht auf Einmischung das oberste Gebot der Humanität ist. Die Welt und der Einzelne können keinen Frieden finden, wenn wir und unsere Politiker uns weiterhin des Verbrechens der Gleichgültigkeit schuldig machen. Feiges Wegschauen, unterlassene Hilfeleistung und doppelte Blindheit jener, die die Welt für sich ganz in Ordnung finden und Verbesserungen in den Armutsländern für vergebliche Mühe halten …«

Tinka blickte kurz auf ihre Zettel, dann fuhr sie fort: »Aber die Welt ist nicht in Ordnung. Während an Ibizas

Stränden die Reichen Langusten für fünfhundert Euro das Stück schlemmen, kriechen an den Touristenstränden auf Gran Canaria Armutsflüchtlinge aus Afrika an Land, die nichts haben als die nassen Kleider an ihrem Leib.«

Tinka drückte auf eine Taste ihres Laptops und es erschien eine Fotomontage, die die beschriebene Situation veranschaulichte. Dazu erklang ein Lied der Rapband *Was los,* mit dem sie bei dem UN-Wettbewerb *Songs für den Frieden* gesiegt hatte: *Armut führt zu Hunger, Hunger führt zu Krieg, also wäre alles cool, wenn man Armut und Hunger besiegt …*

Genial, dachte ich, das hatte sie bestimmt mit Johannes, diesem Computerfreak, ausgetüftelt.

Nach diesem eindrucksvollen Einstieg stellte Tinka nun in einer fundierten Analyse mit Powerpointunterstützung die gegenwärtige Situation der armen Länder dar und verwies besonders auf die hohe Kindersterblichkeit. »Alle drei Sekunden stirbt auf unserer Erde ein Kind«, sagte sie, »und die Politiker der reichen Länder sind offenbar nicht in der Lage, etwas dagegen zu tun.«

In dem Moment sah sie von ihrem Konzept auf und schaute anklagend in den Saal. Als sie mit den Blicken wieder nach dem Textanschluss suchte, fand sie ihn nicht sofort.

O Gott, das waren doch hoffentlich nicht schon die Auswirkungen des ungeplanten Sektfrühstücks!

Offenbar doch. Denn statt nun in Ruhe weiterzusuchen, versuchte sie zu improvisieren, was aber gründlich danebenging, weil sie auch auf dem Laptop nicht die zu ihren Worten passenden Daten aufrufen konnte.

Also begann sie in ihren Zetteln zu blättern. »Äh, einen Moment bitte, äh …«, murmelte sie dabei. »Hier ist mir etwa durcheinandergeraten.« Sie bekam einen roten Flush, der wie immer ihre Sommersprossen verschluckte, und weil sie sich nicht wirklich auf ihren Text konzentrieren konnte, fand sie auch jetzt nicht die richtige Stelle. Sie sah mit einem total verzweifelten Blick zur Jury rüber und versuchte dann ihr Heil in der Flucht nach vorne.

Sie ignorierte den Rest ihres Konzeptpapiers und sprach frei weiter. »Solange niemandem hier bewusst ist, was es heißt, dass alle drei Sekunden auf unserer Erde ein Kind an den Folgen der Armut stirbt, werden auch unsere Politiker nicht die Notwendigkeit einsehen, etwas dagegen zu tun. Bitte steht alle auf und schaut auf eure Uhren.«

Wohl einer plötzlichen Eingebung folgend verließ sie das Rednerpult, stieg die seitliche Treppe an der Bühne hinunter und begab sich direkt ins Publikum. Ihre Hand umklammerte krampfhaft das Mikrofon, das sie wie ein Popstar, der in der Menge seiner Fans baden wollte, aus dem Ständer genommen hatte. Aber sie suchte nicht das Bad in der Menge, sondern sie steuerte todernst auf die Schüler in der ersten Reihe zu. Die waren tatsächlich aufgestanden und schauten ihr nun verwundert entgegen.

»Eins, zwei, drei!«, zählte Tinka laut und dann sagte sie mit deutlicher und durch das Mikro verstärkter Stimme in den verstummten Saal: »Du bist tot!«

Sie flüsterte der Schülerin etwas zu und die sank ohne ein Wort auf den Boden. Wie tot.

Und so ging es weiter. Tinka zählte drei Sekunden ab und eine Schülerin nach der anderen ging zu Boden.

Frau Krämer und einige der Lehrer im Saal waren aufgesprungen und wollten eingreifen, aber sowohl die Schüler in der Jury als auch die im Saal hielten sie davon ab.

Es herrschte ganz plötzlich eine unheimliche Atmosphäre, und erst als alle Zuschauerrinnen des Wettbewerbs wie tot auf dem Boden lagen, kam Bewegung in den anwesenden Reporter unserer Stadtzeitung und das Blitzlicht seiner Fotokamera flashte mehrmals auf.

Tinka war inzwischen auf die Bühne und an das Rednerpult zurückgekehrt. »All diese Kinder können wir nicht mehr lebendig machen«, sagte sie. »Aber wir können von unseren Politikern verlangen, dass sie sich nicht länger des Verbrechens der Gleichgültigkeit schuldig machen und dafür sorgen, dass dieses Sterben nicht endlos weitergeht. Steht jetzt alle auf und kämpft dafür!«

Sie raffte ihre Papiere zusammen und raste fluchtartig von der Bühne. Fast hätte sie mich über den Haufen gerannt. Als ich sie festhalten wollte, um ihr zu gratulieren, machte sie sich los und lief davon.

Ich schaute mich nach Lise um und blickte geradewegs in Doreens schreckensbleiches Gesicht. »Du miese Schlange!«, konnte ich mich nicht mehr zurückhalten. »Du hast wohl gedacht, wenn du Tinka mit Alkohol zuschüttest, ist sie unfähig, eine gute Rede zu halten. Nun, da hast du Pech gehabt! Sie war so gut vorbereitet, dass deine feige Sabotage fehlgeschlagen ist. Von der Rede wird man noch nach Jahren sprechen, während dich kein Mensch mehr kennen wird.«

Und mit dieser Prognose hatte ich sogar mal recht. Über Tinkas mutigen Auftritt bei der Miss-Schulclub-Wahl wurde selbst in unserer Lokalzeitung berichtet und es war auch ein Foto von den fast zweihundert auf dem Aulaboden liegenden Schülerinnen zu sehen. Schwester Walburga wurde mit einem Statement zitiert, in dem sie sagte, dass Tinka eine bemerkenswerte und sehr ernsthafte Schülerin sei, die diese Aktion gewiss nicht als Showeinlage geplant hatte. Sie wollte nur veranschaulichen, wie dringlich die Bekämpfung der Armut in der Welt ist und wie schwer betroffen davon gerade Kinder sind.

Auch auf meine Rede wurde in zwei Sätzen eingegangen, obwohl sie natürlich an Dramatik an die von Tinka nicht heranreichte. Aber der Reporter lobte die gute Analyse, die gekonnte Präsentation und die humorvolle Darstellung. Na, das war doch mal was!

Doreen jedenfalls wurde überhaupt nicht erwähnt. Was mich ganz besonders freute, fast noch mehr als mein eigener Erfolg.

Natürlich waren wir nun total gespannt, wer von den Kandidatinnen die Runde der letzten Fünf und damit die Endausscheidung, die während des Schulfestes stattfinden sollte, erreicht hatte. Ich stand mit Lise und den anderen *Wilden Rosen* vor dem Schwarzen Brett und wartete total nervös darauf, dass die Liste ausgehängt wurde. Aber die Jury ließ sich Zeit. Himmel! So schwer konnte es doch wohl nicht sein, eine Entscheidung zu treffen! Lag doch eigentlich alles auf der Hand.

Lag es aber scheinbar nicht. Die Meinungen waren weit auseinandergegangen. Und das Ergebnis war schließlich sehr verblüffend.

»Das, das ist ja wohl nicht wahr!«, rief ich erschüttert aus. »Das, das können die doch nicht machen! Das muss ein Irrtum sein!«

War es aber nicht. Obwohl keine der *Wilden Rosen* es glauben konnte, waren Doreen und ich unter die letzten fünf gekommen, Tinka jedoch nicht. Sie hatte den undankbaren sechsten Platz bekommen.

»Das kann wirklich nicht sein«, wiederholte ich immer wieder ungläubig Lise gegenüber. »Sie war doch überall besser als ich ...«

Zumindest hatte ich das angenommen.

Lise zuckte die Schultern. »Du warst auch nicht schlecht und deine Rede war richtig cool, da hast du bestimmt enorm gepunktet.«

Und wenn schon! Tinka war tausendmal besser!

»Trotzdem, die Aktion von Tinka war einfach phänomenal ...«

Lise fiel mir ins Wort. »Ja, klar, aber es war – wenn man ganz strenge Maßstäbe anlegt, was die Jury anscheinend getan hat – keine Rede im eigentlichen Sinn, sondern eher eine Performance und ...«

»Und? Was denn noch?«

Lise wirkte etwas unbehaglich. »Ähm, ja, ich denke, die Jury hatte den Eindruck, dass Tinka ein bisschen ... Nun ja, sie wirkte nicht ganz nüchtern ...«

Ach du Schreck! Wenn die Jury das bemerkt hatte, dann gab das natürlich jede Menge Abzüge für Tinka – trotz phänomenaler Rede. So etwas ließ kein Lehrer durchgehen. Ich kriegte voll den dicken Hals! Also hatte diese durchtriebene Doreen doch erreicht, was sie wollte. Tinka war aus dem Rennen. Stipendium futsch und, was in meinen Augen genauso schlimm war, auch Thomas futsch!

»Ich erwürge sie!!!«, schrie ich auf, weil ich meine Aggression einfach nicht mehr im Zaum halten konnte. »Diese falsche Schlange!«

Miri, Jenny und Lise redeten mir gut zu, und als mein Zorn sich etwas abgekühlt hatte, konnte ich auch plötzlich wieder klar denken und – o Wunder – mir kam eine geniale Idee!

»Leute«, sagte ich, »lasst den Kopf nicht hängen. Noch ist gar nichts verloren. Wir alle wissen, dass ich gegen Doreen letztlich keine Chance habe. Sie ist auf Platz eins der Liste und ich bin auf Platz fünf. Es gibt nur ein Mädchen, das Doreens Siegeslauf noch stoppen kann, und das ist Tinka!«

»Tinka? Aber die ist doch draußen«, sagte Miri.

»Noch ist sie draußen. Auf welchem Platz ist sie?«, fragte ich.

»Sechs!«

»Und auf welchem Platz bin ich?«

»Fünf.«

»Und wer kommt in die Endausscheidung?«

»Na, die ersten fünf! Das wissen wir doch. Was soll denn diese blöde Fragerei?« Lise wirkte richtig sauer.

»Mensch, Leute! Denkt doch mal nach.«

Taten sie kurz, allerdings ohne Ergebnis.

Also half ich ihrem Denkprozess etwas auf die Sprünge. »Wenn ich zurücktrete, wer rückt dann nach?«

Allen ging gleichzeitig ein Licht auf und sie riefen einstimmig: »TINKA!«

»Genau.« Ich nickte. »Und darum werde ich jetzt zu

Schwester Walburga gehen und meinen Rücktritt erklären.«

»Aber das musst du nicht«, meinte Lise. »Tinka ist das bestimmt unangenehm.«

»Mir egal. Sie wird auch gar nicht gefragt. Ich habe keinen Bock, mich weiter zum Dödel zu machen, und für Tinka geht es ums Stipendium und um Thomas. Wenn ich zurücktrete, ist sie automatisch unter den letzten fünf. Die Chance soll sie haben!«

»Das ist wirklich dein Ernst?«, fragte Lise. »Und du wirst es auch nie bereuen?«

Nun zuckte ich mit den Schultern. »Na ja, vielleicht irgendwann mal, aber im Moment will ich nur verhindern, dass Doreen gewinnt. Es ist mein voller Ernst.«

Und so begleiteten mich denn Miri, Lise und Jenny in die Bibliothek zu Schwester Walburga, wo ich ihr meinen Rücktritt erklärte.

»Aber warum tust du das, Leonie? Ich verstehe es nicht.«

Also doch eine kleine Erklärung fällig. »Weil Tinka reingelegt worden ist! Eine andere Kandidatin hat ihr vor der Rede Alkohol untergeschoben und ich finde es ungerecht, dass Tinka wegen einer solchen Hinterhältigkeit rausfliegen soll. Sie verdient mindestens noch die Chance, bei der Endausscheidung dabei zu sein.«

Schwester Walburga sah mich an. »Sie ist deine Freundin, Leonie, nicht wahr? So etwas tut man nur für eine Freundin.«

Ich schaute verlegen zu Boden und Lise antwortete für mich: »Eine für alle, alle für eine. Tinka gehört zu uns und hat darum unsere volle Unterstützung.«

Schwester Walburga lächelte. »Auch wenn Frau Krämer anderer Meinung ist«, sagte sie, »ihr seid gute Mädchen.« Und mit einem listigen Augenzwinkern in meine Richtung setzte sie hinzu: »Alle!«

Tinka checkte erst gar nicht, was passiert war, aber dann versuchte sie alles, um meinen Rücktritt wieder rückgängig zu machen. Sie erklärte, dass sie ganz froh darüber sei, sich nun nicht einer öffentlichen Abstimmung durch alle Schüler stellen zu müssen, da sie doch eh keine Chance habe, weil garantiert alle Jungs nur nach Schönheit gehen würden. »Und so viel, wie der letzte Wettbewerb zählt, kann ich durch meine anderen Punkte gar nicht ausgleichen.«

Das einzige Argument, das sie gelten ließ, war der Hinweis auf das Stipendium. Denn die ständige Sorge um das Schulgeld machte ihr schon schwer zu schaffen.

Es war dann auf einer Party mit Miri und Jenny, wo sie schließlich nachgab, und ich war froh, dass sie sich nun endlich durchgerungen hatte. Die Zeit raste! Nur noch wenige Tage bis zum Schulfest und Daniel, Thomas und die anderen Organisatoren steckten bis über die Ohren in den Vorbereitungen. Ich hatte auch nicht allzu viel Zeit für Tinka und bat Jenny und Miri, sich um Tinkas Outfit zu kümmern.

»Was will sie denn eigentlich als Kür machen?«, fragte ich dennoch interessiert.

Miri antwortete mir hinter vorgehaltener Hand, damit Doreen und ihre Spione nichts mitkriegten: »Sie will ein schwieriges Stück auf der Bratsche spielen.«

»Sie will WAS?«

»Bratsche spielen.«

»Das ist nicht ihr Ernst.«

Miri sah leicht verzweifelt aus. »Doch. Ich habe ihr ein supertolles Kleid von meiner großen Schwester geliehen. Nachtblau und bodenlang aus Seide. Sie sieht total cool aus, wenn ich ihr noch die Haare hochstecke, kommt sie rüber wie eine Prinzessin!«

Na dann, die Prinzessin auf der Bratsche! Konnte ja nur schiefgehen. Stipendium und Thomas ade!

Aber das war mir jetzt auch egal! Ich wollte endlich mal wieder was mit Daniel unternehmen und heute war die ultimative Nacht dazu …

In der Dunkelheit schlich ich leise die Treppe von meiner Mansarde runter und bretterte natürlich prompt in unseren Dackel Xaver rein, der mal wieder auf der letzten Treppenstufe lag. Bevor er ein Heidengebell anstimmen konnte, hielt ich ihm kurz entschlossen die Schnauze zu, sodass nur ein gurgeliges Grunzen herauskam.

Kaum hatte ich Xaver beruhigt, tauchte auch noch Peppi auf. »Willst du noch weg?«, kombinierte er clever.

Ich nickte und legte zugleich den Zeigefinger auf die Lippen. »Psst, verrat mich aber nicht. Darfst dir auch was wünschen.«

»Was denn?«

»Irgendwas. Kannst es dir ja bis morgen überlegen.«

Er strahlte und es war klar wie Kloßbrühe, dass er mich garantiert nicht verpfeifen würde.

Ich verließ auf Zehenspitzen das Haus und erreichte das Gartentor, vor dem mich Daniel schon erwartete.

Wir küssten uns liebevoll und ich war total glücklich, endlich wieder mit ihm zusammen zu sein.

»Und?«, fragte ich. »Was machen wir jetzt? Eis essen?«

Daniel schüttelte den Kopf und sagte geheimnisvoll: »Überraschung. Komm einfach mit.«

Wir gingen zur Haltestelle und fuhren mit dem Bus zum Marktplatz.

Dann führte Daniel mich durch einen Seiteneingang auf den Schulhof der Jungenschule. Holla, da ging aber schwer die Post ab! Mehrere Lastwagen eines Bauunternehmers standen herum und ein Bagger brach gerade ein Loch in die Mauer zwischen den beiden Schulen.

»Mensch, Daniel!«, entfuhr es mir. »Ihr macht ja wirklich Ernst!«

Aber die Bauarbeiter beließen es nicht bei dem Loch. Unter den Augen der Direx und den skeptischen Blicken unseres Rektors wurde, nachdem die Steine herausgebrochen worden waren, von einer Tischlerei ein großes, schönes Holztor eingesetzt. Die Direx drehte probehalber den Schlüssel im Schloss, wie von Zauberkraft bewegt schwang die Tür auf und der Schulhof der Mädchenschule mit der großen Kastanie wurde sichtbar.

»Genial!«, juchzte ich auf und sprang Daniel vor Freude an den Hals.

Er nahm mich lieb in den Arm und wirkte auch megaglücklich. »Da werden morgen einige Leute Augen machen«, sagte er.

»Hm«, murmelte ich zustimmend, »und einigen Leuten werden die Augen aus dem Kopf fallen.« Ich konnte wirklich nichts dafür, aber ich sah bei diesen Worten ganz plötzlich Frau Krämer und Doreen vor mir.

Das Schulfest war dann absolut der Knaller! Die Presse war da und hatte wirklich jede Menge zu berichten.

Zunächst schloss die Direx der Jungenschule im Beisein unseres Rektors das nagelneue Tor in der Mauer auf und die Festbesucher konnten nun ungehindert zwischen den beiden Schulen hin- und herwandern. Und weil sich der Durchgang ja tatsächlich auf dem Gelände der Jungenschule befand, konnte niemand von der Annen-Schule meckern. Aber das wollte eigentlich auch keiner. Nun, wo vollendete Tatsachen geschaffen worden waren und der Durchlass zur Freude aller rege benutzt wurde, waren sich die Lehrer beider Kollegien einig, dass dieses Tor praktisch war – solange es nur hin und wieder aufgeschlossen wurde. Tja, mühsam nährt sich das Eichhörnchen, aber ein Anfang war immerhin gemacht!

Ja, und dann kam der nächste Knüller: die Endausscheidung bei der Miss-Schulclub-Wahl. Das Interesse des Publikums war immens und die Aula war rappelvoll. Diesmal hatte Thomas im schicken Smoking die Moderation des Wettbewerbs übernommen. Pit, Daniel, Steffen, Johannes und alle *Wilden Rosen* standen Däumchen drückend und aufgeregt hinter der Bühne. Thomas machte die Ansage total cool und auch ziemlich witzig und so war die Stimmung im Saal supergut.

Erst kamen drei Mädchen aus höheren Klassen. Eine spielte Klavier, und zwar ziemlich brillant. Hm, ob Tinkas Bratsche da mithalten konnte?

Die zweite Kandidatin sang eine Arie aus der *Zauberflöte*, die an einigen Stellen reichlich gequält klang. Na ja, sie lernte halt noch, dennoch war schlagartig der halbe Saal leer.

Das dritte Mädchen spielte Theater und hatte sich einen Monolog aus der *Heiligen Johanna* von Friedrich Schiller ausgesucht, den sie sehr engagiert, aber meiner Ansicht nach ein wenig zu theatralisch vortrug.

»*... mir ist das Herz gewandelt und gewendet, es flieht vor dieser Festlichkeit zurück. Ins Brit'sche Lager ist es hingewendet, hinüber zu dem Feinde schweift der Blick und aus der Freunde Kreis muss ich mich stehlen, die schwere Schuld des Busens zu verhehlen ...*«

Natürlich johlten die halb garen Pansen im Saal beim Wort *Busen* unisono laut auf und die Arme sah ihren dramatischen Monolog im allgemeinen Volksgemurmel und albernen Gelächter untergehen.

Okay, dachte ich. Die hat schon mal keine Chance mehr.

Dann kam Doreens Auftritt und wieder einmal zeigte sich, dass das Mädchen nicht dumm und eine sehr geschickte Taktikerin war. Da in diesem letzten Durchgang ja ausschließlich die Schülerstimmen entscheiden würden, baute sie darauf, das Publikum – und da besonders die Jungs – zu erobern. Womit ging das besser als mit Sex! Da sie sich ohnehin für die Beautyqueen des Wettbewerbs hielt, setzte sie voll auf ein sexy Outfit und eine Performance, die Hormone in Wallungen brachte.

Mir fielen fast die Augen aus dem Kopf, als sie hinter der Bühne auftauchte und mich mit einer hektischen Bewegung zur Seite schob. Liebes Lieschen! Da verschlug es mir echt die Sprache und auch die anderen *Wilden Rosen* schluckten heftig bei ihrem Anblick.

Aber das machte ihr gar nichts aus. Im knappen Kostüm eines Funkenmariechens, mit nackten Beinen in kleinen Stiefelchen und mit frechem Barett auf dem brünetten Haar, trat sie auf die Bühne, schwang den Stock des Tambourmajors in gekonnten Wirbeln von einer Hand in die andere und begann beim ersten Takt der Musik aus den Lautsprechern der Beschallungsanlage zu tanzen.

Das Röckchen war megakurz und gab jedes Mal, wenn sie eins ihrer Beine in die Luft warf, den Blick auf ein weißes Spitzenunterhöschen frei. Das löste natürlich bei den unreifen Knaben aus der Jungenschule sofort einen pawlowschen Reflex aus wie bei hungrigen Hunden, denen beim Anblick von leckerem Fleisch sofort der Speichel im Mund zusammenläuft. Dass denen der Sabber nicht aufs T-Shirt kleckerte, war wirklich ein Wunder!

Ich stöhnte auf. So viele Stimmen, wie Doreen bei diesen Pansen einsackte, konnte Tinka gar nicht mehr kriegen. Meine Hoffnung sank gegen null. Bratsche gegen den Tanz des Karnevalmariechens – das sah nicht gut aus für Tinka. Ganz und gar nicht. Doreens Konzept, sich mit einem sexy Auftritt die Stimmen aus der Jungenschule zu sichern, schien komplett aufzugehen.

Dennoch, ich wollte mich nicht geschlagen geben. Als ich Tinka mit der Bratsche hinter die Bühne kommen sah, wusste ich zwar noch nicht, was ich tun konnte, um die Niederlage zu verhindern, aber irgendetwas – das war sicher – würde ich tun. Kampflos ging der Sieg nicht an Doreen!

Die Musik wurde leiser und ich hörte, wie Thomas die Abmoderation machte. Der Beifall war enorm. Und als ich zu Tinka rüberschaute, schien deren Herzschlag ausgesetzt zu haben, denn sie war leichenblass. Es blieb nicht mehr viel Zeit zum Überlegen ...

Ich stürzte auf Tinka zu. »Du musst auch tanzen!«, sprudelte ich los.

Sie sah mich entgeistert an. »Und mit wem? Mit meiner Bratsche vielleicht?«

»Quatsch! Was willst du denn überhaupt spielen?«

Es stellte sich heraus, dass Tinka vorhatte, einen Walzer von Johann Strauss in großer Orchesterbesetzung auf CD abspielen zu lassen und dazu ihren Part mit der Bratsche live beizusteuern. Hm, war ja nicht schlecht, aber ... Da kam mir eine Idee, die ich ihr sofort ins Ohr flüsterte.

»Ich, ich kann doch nicht mit mir alleine Walzer tanzen«, stammelte Tinka.

»Lass mich mal machen«, sagte ich aufmunternd. »Ich besorge dir schon einen Partner.«

Im selben Moment kam Doreen mit triumphierendem Grinsen von der Bühne. »Na, Ka-Stinka«, giftete sie und warf Tinka einen arroganten Blick zu. »Dann fiedel mal schön. Nur solltest du dich nicht wundern, wenn am Ende der Saal leer ist.«

»Kann's weitergehen?« Thomas steckte seinen Kopf hinter die Bühne, um zu sehen, ob Tinka für ihren Auftritt bereit war.

Thomas! Genau! Er hatte so oft mit Tinka im Tanzkurs Walzer getanzt, klar, dass er jetzt ranmusste!

Ich packte Tinka am Arm und zerrte sie zu Thomas.

»Der Sound ist so weit, Tinka. Kann ich dich ansagen?«, fragte er.

»Ja, ja«, antwortete ich an ihrer Stelle.

Tinka ging auf die Bühne und begann nach einer kurzen Ankündigung durch Thomas zu der Orchestermusik die Bratsche zu spielen. Es klang echt nett, riss aber irgendwie niemanden vom Hocker.

Also stürzte ich mich auf Thomas, der wieder hinter die Bühne zurückgekehrt war. »Los, los«, drängte ich ihn. »Geh zu ihr und fordere sie zum Tanzen auf.«

Thomas wirkte verwirrt. »Ich denke, sie spielt Bratsche?«

»Ja, tut sie auch, aber nicht nur. Jetzt wird sie tanzen! Walzer … und zwar mit … DIR!«

Thomas starrte mich an, als wäre ich ballaballa.

Bevor er sich noch dagegen sträuben konnte, schob ich ihn auf die Bühne. »Frag nicht, mahach!!!«

Und er machte tatsächlich! Obwohl er wohl immer noch nicht ganz raffte, was abging, ließ er sich vor Tinka auf die Knie fallen und bat sie mit theatralischer, aber formvollendeter Geste um einen Tanz. Amüsiertes Gelächter im Publikum. Na bitte, fluppte doch!

Tinka schaute Thomas zunächst völlig perplex an, erinnerte sich dann wohl an meine Worte und stellte nach einem letzten Bogenstrich die Bratsche zur Seite. Thomas stand auf und zog Tinka zu sich in seine Arme. Und dann legten die beiden zu den inzwischen dramatisch aufbrausenden Walzerklängen los. Nun konnte Tinka mal zeigen, was sie in den Beinen hatte.

Auch wenn man von ihren Beinen ja fast nichts sah. Nur hin und wieder blitzte ein bisschen schlanke Wade aus einem raffinierten Seitenschlitz des bodenlangen, glänzenden nachtblauen Seidenkleides von Miris Schwester, das ihr übrigens phänomenal gut stand und sich eng an ihren gut proportionierten Körper schmiegte. Es war ein Traum, da hatte Miri wirklich nicht zu viel versprochen, und entsprechend traumhaft schwebte Tinka in Thomas' Armen über die Bühne. Miri hatte ihr die Haare hochgesteckt und ein paar wenige Strähnen, die kunstvoll das Gesicht umschmeichelten, frei hängen gelassen. Das Make-up war zurückhaltend, nur die Augen waren mit blauem Mascara und Kajal passend zum Kleid betont. Und durch die schlichte, helle Brille kam ihr ebenmäßiges Gesicht endlich einmal richtig zur Geltung.

Mein Gott, was war das Mädchen schön! Wer hatte nur jemals behaupten können, dass sie hässlich wäre!

»Das ist unfair«, reklamierte Doreen sofort. »Hilfe ist nicht erlaubt!«

»Quatsch«, blockte ich sofort ab. »Wenn Tinka in ihrer Kür zeigen will, dass sie nicht nur super Bratsche spielt, sondern auch ein Ass im Gesellschaftstanz ist, dann muss sie ja wohl mit einem Partner tanzen.« Und ein wenig gehässig setzte ich hinzu: »Ist ja nicht jeder so eine Hupfdohle in Spitzenunterhosen wie du!«

Doreen schnaubte irgendetwas, ich hörte jedoch gar nicht hin, denn Thomas und Tinka waren ein traumhaftes Paar. Jemand hatte das Bühnenlicht gedimmt und es kam eine total romantische Stimmung auf. Na, wenn das nicht wenigstens die Mädchen der Annen-Schule verzauberte und Tinka deren Stimmen brachte, dann wusste ich auch nicht. Der Applaus klang jedenfalls begeistert und war lang anhaltend.

Als die beiden wieder hinter der Bühne ankamen, hatte Tinka glänzende Augen und auch Thomas sah nicht gerade unzufrieden aus. Allerdings belegte Doreen ihn sogleich wieder mit Beschlag, schmiss sich ihm an den Hals und begann mit ihm zu knutschen, woraufhin Tinka sich sofort verdrückte. Himmel! Konnte der Knabe sich denn nicht endlich mal richtig entscheiden? Das konnte doch wohl jeder sehen, dass er und Tinka ein Traumpaar waren!

Es dauerte dann noch bis zum späten Nachmittag, bis die Stimmen ausgezählt waren und die Jury das endgültige Ergebnis der Miss-Schulclub-Wahl bekannt gab.

Wir hockten total nervös im Clubraum, als Daniel hereinkam.

»Und? Nun sag schon!«, fragte ich ungeduldig.

»Tja«, druckste er ein wenig herum. »Gewonnen hat die Schönste …«

Ach herrje! Also doch Doreen!

»… und die Klügste!«

Wie bitte? Das konnte doch wohl kaum Doreen sein!

»Nun mach es nicht so spannend«, paulte ich ihn an. »Wer ist es? Sag ihren Namen!«

Daniel grinste breit. »Na, wer wohl. Tinka natürlich! Ein Kopf-an-Kopf-Rennen, aber immerhin. Gewonnen ist gewonnen, da fragt keiner mehr, wie knapp.«

Nein! Ich fasste es ja nicht! Wie ein Derwisch tanzte ich durch den Raum, riss Tinka in meine Arme und wirbelte sie mit mir herum. »Wir haben gewonnen!«, sang ich dabei. Und alle stimmten mit ein.

We are the champions, we are the champions …

Stille Wasser sind tief

Die Ansage war klar! Tinkas Sieg musste gefeiert werden, und zwar am Rheinufer. Wie ich hörte, war es schon Tradition, sich bei allen möglichen und unmöglichen Anlässen dort spontan zum Feiern zu versammeln. So zogen wir also, nachdem das Schulfest am frühen Abend mit der Kürung der Miss Schulclub ausgeklungen war, mit einer größeren Gruppe an den Rhein.

Natürlich war Doreen keine gute Verliererin und zischte Tinka im Vorbeigehen noch gehässig an: »Deinen Sieg hast du nur Thomas zu verdanken, wenn er nicht mit dir getanzt hätte, hätte ich die Misswahl gewonnen! Aber, na ja, ehrlich gesagt habe ich das Stipendium ja nicht nötig und Thomas, den habe ich ja schon!«

Ich sah, wie Tinka zunächst alle Farbe aus dem Gesicht wich, und ich wollte gerade irgendetwas Schlagfertiges erwidern, als Tinka sich abrupt umwandte. Ohne ein Wort, mit schnellen festen Schritten und erhobenen Hauptes eilte sie in Richtung Rhein davon. Ihre ganze Haltung drückte ihre Antwort auf Doreens gehässige Bemerkung aus und in meinen Augen lautete die ganz klar: Du kannst mich mal!

Selbst für Thomas war Doreen nun offenbar zu weit

gegangen, denn er sagte ziemlich kühl und megabeherrscht: »Was bringt dich denn auf diese Idee, Doreen? Noch bin ich mein eigener Herr! Und übrigens, ehe ich es vergesse, ich habe mich entschlossen, mit Tinka zum Abschlussball zu gehen. Sie tanzt wie eine Göttin.«

Doreen lief knallrot an wie ein Feuermelder, drehte sich auf dem Absatz um und rannte wütend davon.

Nein, war das cool! Dann hatte es ja bei Thomas beim Wiener Walzer mit Tinka offenbar endlich klick gemacht! Das war ja noch ein Grund zum Feiern!

Ich sah Tinka bedauernd nach. Wie schade, dass sie gleich nach Doreens gemeiner Äußerung das Weite gesucht hatte! So hatte sie ja Thomas' Worte gar nicht mitgekriegt. Seine sensationelle Entscheidung würde ihren persönlichen Triumph komplett machen, und damit sie sich gar nicht erst lange grämen musste, beschloss ich ihr ganz schnell die frohe Botschaft zu überbringen. Sie und Thomas zusammen beim Abschlussball, wow! Hatte ich nicht immer gesagt, dass die beiden ein ideales Paar wären!?

Da musste ich gleich mal schauen, wo Tinka abgeblieben war. Als ich Daniel nach ihr fragte, meinte er lachend, er hätte sie mit Johannes zum Rhein runtergehen sehen.

Na gut, dann war ja wohl alles in Ordnung mit ihr und wir würden uns dort gleich treffen.

Vom Schulfest hatten wir noch eine Menge Chips und anderes Knabberzeug abgestaubt und einige Dosen und Flaschen nichtalkoholischer Getränke. Damit waren wir allerdings nicht ganz auf der Höhe der Zeit. Das war ja gar nicht angesagt: nichtalkoholische Getränke. So ein

Babykram wurde doch bei Rheinuferfeten nicht konsumiert. Das war allenfalls zum Mischen gut. Zwei Teile Cola, ein Teil Wodka zum Beispiel. Mamma mia!

»Es gibt aber auch Leute, die machen es umgekehrt«, klärte mich Blondie über weitere Mischungsvarianten auf. »Besonders die Komatrinker kommen so schneller zum Ziel.«

»Die – *was*? Und zu welchem Ziel?« Ich war, was Partysaufen anging, wohl ein bisschen unterbelichtet.

Jetzt mischte Daniel sich ins Gespräch ein. »Na, die Typen, die ganz schnell ins Nirwana kommen wollen. Die saufen möglichst rasch ganz viel harten Alkohol, bis sie halt ins Koma fallen ...«

»Aber das ist doch gefährlich, oder?«, wunderte ich mich, weil ich mir echt nicht vorstellen konnte, dass es gesund war, sich bis zur Bewusstlosigkeit vollzudröhnen. Mir war es schon unheimlich, dass Tinka, die ja nun ein megabeherrschter Typ war, nach einer halben Flasche Sekt, die Doreen ihr untergejubelt hatte, so ins Schleudern gekommen war! Komasaufen? Igitt! Behielt man da nicht irgendwelche bleibenden Schäden zurück?

Daniel grinste bei meiner Frage. »Wer Komasaufen betreibt, hat die eh schon!«, sagte er. »Die Schäden, meine ich.«

So sahen wir zu, dass wir uns von den Saufbolden etwas absetzten, und suchten uns ein Eckchen am Rhein, wo es etwas zivilisierter zuging und wir gemütlich unsere braune Brause trinken konnten, ohne ständig als Windelpupser verspottet zu werden. Da stieg dann sofort die Stimmung und wir *Wilden Rosen* hatten ja auch allen Grund zur Freude.

Größer konnte ein Sieg kaum sein: Doreen geschlagen, Thomas und Tinka erfolgreich verkuppelt … Echt, ich freute mich schier weg! Apropos weg, irgendwie war mir Lise völlig abhandengekommen und auch Daniel war plötzlich wie vom Erdboden verschluckt. Selbst Tinka, die eigentliche Heldin der Stunde, blieb unsichtbar. Wo steckten die denn nur? Das war doch gar nicht ihre Art, mich einfach hier alleine stehen zu lassen! Mich befiel eine leichte Panik. Irgendetwas stimmte nicht. Ich ging zu Miri und Jenny, die mit ihren Jungs auf der Ufermauer lümmelten, um sie zu fragen, ob sie eine Ahnung hätten, wo denn alle abgeblieben waren.

Sie kicherten erst nur wie ein paar dumme Hühner, sagten dann aber wie aus einem Munde: »Geheimnis!« Erneutes Kichern.

Na fein! Das schätzte ich ja nun überhaupt nicht. Geheimnisse waren ja spannend, aber nicht, wenn sie vor *mir* verheimlicht wurden. »Ich muss Lise dringend sprechen«, sagte ich deshalb.

»Geht nicht.«

»Was heißt, geht nicht?«

»Na, dass es halt nicht geht.«

Miri kicherte schon wieder und Jenny meinte: »Nun warte es doch mal ab.«

»Abwarten? Was soll ich abwarten?«

Beide grinsten und sagten wieder wie das doppelte Lottchen: »Das Geheimnis!«

Da war ich jetzt aber mal gespannt.

Und dann tauchten Lise und Daniel plötzlich hinter mir auf und riefen gleichzeitig: »Überraschung!«

Und als ich völlig erschreckt herumfuhr, standen sie

da und hatten in ihrer Mitte mein verloren geglaubtes Fahrrad – repariert und vollkommen überholt. Es sah aus wie neu. Wie cool!

»Das, das ist ja mega!«, rief ich aus. »Die Überraschung ist euch echt gelungen! Wie habt ihr das denn hingekriegt? Ich habe gedacht, das Rad wäre total Schrott und gar nicht mehr zu retten!?«

Daniel grinste. »So war es ja auch, aber du siehst, mit etwas gutem Willen, der Unterstützung von Freunden und einer Portion Zauberei kriegt man alles wieder hin. Sogar ein Fahrrad, das vor eine Straßenbahn geraten ist.«

Ich konnte nicht verhindern, dass mir Tränen der Rührung in die Augen traten. »Ihr seid so super Freunde!«, stammelte ich und nahm Lise in den Arm und knuddelte sie. Dann knutschte ich meinen Superdaniel ab! Nein, was war der Junge nur für ein Glücksgriff!

Miri und Jenny waren mit ihren Freunden inzwischen auch dazugekommen und … *ab ging die Party, die Party ging ab!*

Miri und Jenny kicherten immer haltloser und warfen sich immer heftiger an ihre Typen ran. Ich war drauf und dran, mit Daniel dasselbe zu tun, und auch wenn es ihn scheinbar nicht störte, unter den Augen zahlloser Saufbolde zu knutschen, mir machte es was aus. Und so überlegte ich, wie ich Daniel in einen etwas romantischeren Winkel abschleppen konnte, wo einem ausschließlich die Liebe und nicht der Alkoholdunst die Sinne vernebelte. Selbst auf die Gefahr hin, dass er mich für etwas verklemmt hielt, schob ich also erst mal seine Hand dezent von meinem Oberkörper.

Apropos verklemmt! Wo war denn nun Tinka, unsere Miss Schulclub, der eigentliche Anlass für diese Feier, abgeblieben? Ich hatte sie hier am Rhein überhaupt noch nicht zu Gesicht gekriegt. Die war doch nicht etwa einfach nach Hause gegangen? Schließlich musste ich ihr noch gratulieren und sie zu ihrem Erfolg bei Thomas beglückwünschen.

»Hast du Tinka gesehen?«, fragte ich Daniel und war nun doch etwas beunruhigt. »Hoffentlich hat sie sich die blöde Bemerkung von Doreen nicht zu sehr zu Herzen genommen!«

Und dann sah ich sie. Das heißt, erst entdeckte ich Doreen und ihre Giftnattern, wie sie zielstrebig auf ein Grüppchen von Leuten, die auf der Ufermauer saßen, zusteuerten. Ich erkannte Tinka, die rittlings auf der Mauer saß, und bei ihr standen Johannes und Thomas. Alle drei schienen heftig zu diskutieren. Bestimmt ging es mal wieder um die Zeitung. Ich ergriff Daniels Hand und zog ihn zu der Gruppe hinüber. Aber ehe wir Tinka erreicht hatten, war Doreen schon bei ihr. Ich hörte sie etwas wie »Du Schlampe!« und »Thomas gehört mir!« keifen und dann gab es ein kurzes, aber heftiges Handgemenge zwischen Doreens Giftnattern und der Gruppe um Tinka. Ja, und dann war Tinka ganz plötzlich von der Bildfläche – also von der Ufermauer – verschwunden.

Es machte ziemlich laut platsch und Thomas schrie: »Tinka! Hilfe! Sie ertrinkt!«

Tat sie wohl wirklich gerade, aber nur weil keiner der umstehenden Schlaffsäcke Anstalten machte, sie zu retten! Die standen nur gaffend und dümmlich kichernd am Ufer. Keiner schien zu merken, dass Tinka in Lebensgefahr schwebte ...

Ich rannte los, sprang über einen dumpf am Boden dösenden Komatrinker hinweg und stieß Thomas an. »Nun schrei nicht, sondern mach was!«, brüllte ich.

»Was denn?«

»Mensch, spring hinterher! Rette sie oder kannste nicht schwimmen?«

Nun schaute er mich aber echt beleidigt an, und während Tinka in den Fluten des Rheins um ihr Leben paddelte, hielt er mir erst mal einen Vortrag darüber, dass er sogar einen Rettungsschein hätte.

»Na, dann verhalte dich auch so«, sagte ich, gab ihm einen gnadenlosen Schubs und er plumpste mit einer etwas uneleganten Arschbombe ebenfalls in den Rhein.

»Da-da-das Wasser ist saukalt!«, schrie er und ich dachte bei mir, was für ein Weichei er doch war!

Ich war richtig wütend. Seine Liebste ersoff vor seinen Augen und er zimperte wegen der Wassertemperatur herum.

Und dann stand plötzlich Johannes neben mir, sagte knapp: »Wenn ich untergehe, setz mir ein Denkmal!«, und stürzte sich mit einem sportlichen Kopfsprung in den Rhein.

Gluck, gluck, weg war er. Wie Goethes Taucher. Na, hoffentlich kam Johannes anders als der wieder hoch!

Inzwischen hatte Thomas sich offenbar an die Wassertemperatur gewöhnt und so schwamm er endlich relativ zügig auf Tinka zu, während Johannes sich ihr von der anderen Seite mit kräftigen Schwimmstößen näherte.

Tinka stand total unter Schock, paddelte wie ein Hund in den Fluten und checkte gar nicht so richtig, was eigentlich geschah. Jede Menge Leute standen nun an der Ufermauer und schauten den Rettungsversuchen zu. Thomas hatte Tinka inzwischen erreicht und sogleich klammerte sie sich an ihn, sodass sie ihn jeden Augenblick in die Tiefe zu ziehen schien. Zwischen den beiden entspann sich ein regelrechter Fight, den Thomas schließlich damit beendete, dass er Tinka voll eins auf die Nase semmelte. O Gott, das war doch wohl hoffentlich nicht das Ende dieser jungen Liebe?

Tinka sackte weg und Thomas spuckte, wie ein Walross schnaufend, erst mal tüchtig Wasser. Nun hatte aber auch Johannes Tinka erreicht und er tauchte hinter ihr her. Als er wieder an die Oberfläche kam, hatte er sie im Rettungsgriff umfasst und versuchte nun gegen die Strömung ans Ufer zu gelangen. Für einen so schmalen Typen, wie er es war, entwickelte er erstaunliche Kräfte. Doch die starke Strömung forderte sehr schnell ihren Tribut. Selbst der wesentlich athletischere Thomas hatte Mühe, nicht abgetrieben zu werden. Johannes jedenfalls hatte ausgesprochene Schwierigkeiten, mit Tinka im Arm das Ufer zu erreichen, und als er näher kam, erwies es sich noch als besonderes Problem, dass er an der glatten Ufermauer nirgends einen Halt finden konnte.

»Wir müssen ihm helfen!«, rief ich völlig aufgelöst Daniel und Lise zu, aber das war leichter gesagt als getan. »Wir müssten ein Seil haben oder einen Rettungsring! Gibt es hier nicht an einigen Stellen Rettungsringe?«

»Stimmt!« Lise schien sich zu erinnern. »So etwa hundert Meter weiter, da, wo der Uferweg anfängt, glaube ich. Ich bin beim Joggen öfter da vorbeigekommen.« Und schon sauste sie in etwas unkoordiniertem Galopp davon. Wenigstens wieherte sie diesmal nicht!

»Ich habe die Notrufnummer angerufen«, sagte Daniel. »Die schicken gleich Hilfe.«

Na, hoffentlich kam die nicht zu spät. Als ich erneut über die Mauer starrte, schien Johannes so ziemlich am Ende seiner Kräfte zu sein, während Thomas ein ganzes Stück weiter rheinabwärts an einer flachen Stelle triefend und völlig fertig ans Ufer kroch. Na, wenigstens der war schon mal gerettet! Einige Leute zogen ihre T-Shirts aus und knoteten sie zu einem provisorischen Seil zusammen. Ob das hielt? Sie warfen es über die Mauer und Johannes versuchte, es mit einer Hand zu ergreifen. Was aber mit Tinka im Arm sehr schwierig war. Außerdem erwies es sich als zu kurz. Er ertrinkt, dachte ich in Panik, alle beide ertrinken vor meinen Augen und ich kann nichts tun!

Daniel bemerkte meine Verzweiflung und wollte sich selbst auch noch in den Rhein stürzen, als Martinshörner aufjaulten und ein Einsatzwagen mit Blaulicht, gefolgt von einem Rettungswagen des Arbeiter-Samariter-Bundes, direkt auf die Wiese raste. Die Fahrzeuge hielten mit quietschenden Bremsen und die Reifen gruben sich tief ins Erdreich.

Genau in diesem Moment kam Lise keuchend mit dem Rettungsring zurück und warf ihn sofort an der Leine über die Mauer. Gerade rechtzeitig offenbar, denn Johannes klammerte sich nach Luft schnappend und sichtlich verzweifelt sogleich daran fest.

Nun griffen auch die Rettungssanitäter zu und wenig später zogen sie erst die wie leblos wirkende Tinka und dann Johannes ans Ufer. Die Männer leiteten erste Hilfsmaßnahmen ein und danach war der Spaß endgültig vorbei. Es fielen Worte wie »Magenauspumpen« und »Trockenlegen«, und als die Polizisten die zwischen leeren Flaschen herumhängenden, komatösen Zombies entdeckten, schlug ihre Hilfsbereitschaft sofort in eine Razzia um. Klar, dass die meisten Leute umgehend türmten.

Natürlich waren wir nicht wie die anderen abgehauen, denn alle *Wilden Rosen* machten sich Sorgen um Tinka und hätten es absolut feige gefunden, sie hier alleine ihrem Schicksal zu überlassen. Johannes hockte mit triefenden Klamotten auf einer Trage und ein Sanitäter untersuchte ihn kurz. Es war wohl alles in Ordnung und er kam wieder zu uns rüber. Wir lobten seine coole Aktion und noch immer dachte wirklich niemand von uns daran, abzuhauen. Wir hatten ja auch – was den Alkoholkonsum anging – ein reines Gewissen. Also, die meisten von uns jedenfalls. Für Blondie und seine Kumpels würde ich allerdings meine Hand nicht ins Feuer legen. Leider machte die Polizei zwischen uns und den harten Schluckern keinen Unterschied.

»Hinsetzen!«, bellten uns die Ordnungshüter an und telefonierten Verstärkung sowie einen Mannschaftswagen herbei. Bis der ankam, mussten wir uns mit angewinkelten Beinen auf den Rasen hocken und die Arme um die Knie verschränken.

»Und wehe, es rührt sich einer!«, drohte einer der Beamten. »Dann gibt's Handschellen!«

Meine Nerven und sämtliche Gliedmaßen flatterten

und sicherlich, wie sonst bei Tinka, sogar meine Augenlider. Ich war total fertig. Keine Ahnung, was die jetzt mit uns vorhatten, keine Ahnung, was uns erwartete, keine Ahnung, ob Tinka überhaupt noch lebte, ob wir uns nun strafbar gemacht hatten, ob die uns einbuchteten, keine Ahnung, keine Ahnung, keine Ahnung! So viel Ahnungslosigkeit erzeugte bei mir total die Panik. Aber Daniel war ja bei mir. Na, wenigstens ein kleiner Lichtblick!

»Was machen die denn jetzt mit uns?«, fragte ich flüsternd.

Er zuckte die Schultern.

»Ruhe!«, bellte einer der Polizisten.

Die Sanitäter schnallten Tinka auf einer Trage fest und schoben sie in den Rettungswagen. Mir wurde bei dem Anblick total flau im Magen. Dann wurde die Tür zugeworfen und das Fahrzeug raste mit Sirene und Blaulicht davon.

»Ist das schlimm – Magenauspumpen?«, zischelte ich trotz des Verbotes Daniel zu. Ich konnte einfach nicht stumm und steif hier hocken.

»Ich hatte noch nicht das Vergnügen«, flüsterte er zurück und bewegte kaum seine Lippen.

Aber ein Polizist hatte es doch gesehen. Erst wollte er wieder meckern, dann ließ er sich allerdings von Daniel und Johannes dazu bewegen, uns wenigstens anzuhören. Relativ schnell stellte er fest, dass wir wirklich harmlos waren und nur zufällig in das Saufgelage reingeschlittert waren.

»Und wie ist es dann zu dem Unfall gekommen?«, fragte der Beamte.

Ich schaute mich um. Von Doreen und ihren Giftnattern keine Spur. Die waren offenbar beim ersten Ton des Martinshorns getürmt. Hm, irgendwie hatte es keinen Sinn, jemanden, der weg war, zu beschuldigen. Das sah so aus, als hätte man sich den berühmten großen Unbekannten als Täter erfunden. Und ganz genau wusste ich ja auch nicht, was passiert war, nur dass es irgendwie mit Doreen und ihrer Eifersucht auf Tinka zusammenhing. Harte Fakten waren wirklich was anderes. So sagte ich denn nur, wobei ich möglichst plausibel zu klingen versuchte: »Keine Ahnung. Da gab es ein eher scherzhaftes Geschubse, ein paar Leute haben oben auf der Kaimauer balanciert, da, äh, sind sie dann wohl abgerutscht ...«

Irgendwie schien mir der Polizist zwar nicht ganz zu glauben, aber da auch Daniel und Johannes sofort meine Version stützten, nahm er unsere Angaben schließlich zu Protokoll und ließ uns ziehen. Was mich betraf, war diese Stelle des Rheinufers für mich als Ort für private Feiern gestorben. In so einer Gesellschaft wollte ich nie wieder erwischt werden.

Daniel brachte mich noch nach Hause. Ich war total in Sorge um Tinka. Hoffentlich war ihr nichts Ernstes zugestoßen. Es hatte so gar nicht gut ausgesehen, wie sie da leblos auf der Trage in den Krankenwagen geschoben worden war.

Auch wenn ich gegenüber der Polizei Doreen nicht erwähnt hatte, würde ich mit der morgen noch ein Wörtchen zu reden haben. Gemeingefährliche Zicke!

Und wieder einmal schaffte Daniel es, mich durch seine liebevolle und zärtliche Art zu beruhigen. »Ist alles dumm gelaufen«, sagte er, »aber wir haben uns dabei nichts zuschulden kommen lassen. Du brauchst also auch kein schlechtes Gewissen zu haben. Und wenn es Ärger gibt, stehen wir das schon gemeinsam durch.« Er küsste mich ganz lieb und ich war froh, dass er mein Freund war.

Leider trifft der Spruch *Einmal ist keinmal* nicht immer zu. Diesmal jedenfalls galt *Einmal ist einmal zu viel*! Einmal in schlechte Gesellschaft geraten und der Ruf ist hin!

Das Ausmaß der Katastrophe enthüllte sich in seiner ganzen Dimension nämlich erst am nächsten Tag. Die örtliche Presse war von der Polizei informiert worden und brachte im Lokalteil einen Artikel über die jugendlichen Komasäufer auf den Rheinwiesen zusammen mit einem Foto, auf dem im Hintergrund auch Blondie und Jenny zu erkennen waren. So ein Mist! Konnte man so was nicht verbieten? Gott sei Dank war die Meldung wesentlich kleiner als der Bericht von unserem Schulfest und der Miss-Schulclub-Wahl, der gleich mehrere Fotos enthielt. Sogar ein Foto von Tinka und Thomas beim Walzertanzen war drin.

Leider hatten auch die Schulleitungen der Max-Planck- und der Annen-Schule Wind davon bekommen, dass einige ihrer Schützlinge unter den Teilnehmern dieser unrühmlich endenden Rheinfete gewesen waren. Vermutlich würde es ein Präventionsprogramm gegen den frühen Suff unter der Leitung eines smarten Sozialarbeiters geben. *Saufen? – Ich bin doch nicht blöd!* Oder so ähnlich jedenfalls.

Frau Krämer reagierte stocksauer und kein bisschen

tolerant. Sie rief uns alle einzeln auf, und als wir dann an unseren Plätzen standen und nicht wussten, was das überhaupt sollte, sagte sie: »Ihr habt mich maßlos enttäuscht. Egal ob ihr selbst Alkohol getrunken habt oder nicht, ihr habt allein durch eure Anwesenheit bei einem solchen Saufgelage nicht nur eurem, sondern auch dem Ansehen der Schule geschadet. Das ist kaum wiedergutzumachen. Ihr werdet alle an einem Kurs über die gesundheitlichen und gesellschaftlichen Folgen des Alkoholkonsums teilnehmen, und zwar in eurer Freizeit. Außerdem werdet ihr jeder zehn Stunden in einem Kinderheim arbeiten, in dem Kinder aus Alkoholikerfamilien untergebracht sind. Das wird euch hoffentlich darüber nachdenken lassen, ob derartige Exzesse in eure Lebensplanung passen. Wenn ihr in die Gosse wollt, braucht ihr zuvor kein Gymnasium zu besuchen!« Sie schaute uns bitterböse an. »Habt ihr das verstanden?«

Wir nickten stumm.

»Dann setzt euch. Der Kurs findet übrigens während der Tanzstundenzeit statt. Zu dumm, aber daran werdet ihr leider nicht mehr teilnehmen können.«

»Sie ist gemein und mies!«, tobte Jenny in der großen Pause. »Ich fand ja okay, was sie gesagt hat, und auch das mit den Sozialstunden bei diesen Kindern ist in Ordnung. Aber dass sie uns nun den Tanzkurs versaut, ist eine Riesenschweinerei! Schließlich haben wir doch gar keinen Alkohol getrunken!«

»Ähäm«, hüstelte Lise, woraufhin Jenny zerknirscht zugab: »Na ja, gut, aber doch nur ein kleines Bierchen …«

Auch Miri war etwas uneinsichtig angesichts der wirklich harten Strafe und sagte: »Das ist sicher nur wieder eine von Frau Krämers ganz privaten Racheaktionen.«

»Kann ich mir nicht denken«, versuchte Lise jedoch die Gemüter zu beruhigen. »Lasst uns doch erst mal hören, wie es den Jungs ergangen ist.«

Kein bisschen besser. Sie hatten dieselbe Strafe aufgebrummt bekommen und so sahen wir uns zwar nicht mehr im Tanzkurs, stattdessen aber beim Anti-Alk-Training, das tatsächlich, wie sich später herausstellte, ein echt cooler Sozialarbeiter leitete! Sosehr ich die Entwicklung der Dinge bedauerte, so tat es mir doch am meisten um Tinka leid. Aus dem Abschlussball mit Thomas würde nun wohl nichts werden. Das hatte Doreen mit ihrer bescheuerten Aktion verhindert.

Ach ja, Doreen! Die hatte es vorgezogen, nach dem Rheindrama am nächsten Tag gar nicht erst in der Schule zu erscheinen, und sich krankmelden lassen. Reichlich feige! Erst schubste sie Tinka in die Fluten, sodass sie fast ertrank, und dann machte sie sich dünne, um die Konsequenzen nicht tragen zu müssen. Na, ich wünschte ihr jedenfalls jede Menge schlechtes Gewissen!

Blieb noch Tinka. Sie lag immer noch im Krankenhaus, was im Moment wohl das Beste für sie war. Jedenfalls musste sie dort nicht Frau Krämers schlechte Laune ertragen.

Natürlich machte ich mich gleich am nächsten Nachmittag mit Lise auf, um sie zu besuchen.

»Und? Wie geht es Thomas?«, wollte ich von Lise auf dem Weg dorthin wissen.

»Geht so«, meinte sie knapp. »Er hat mit Doreen jetzt endgültig abgeschlossen. Natürlich ärgert es ihn, dass Johannes und nicht er Tinka gerettet hat.«

Als ob das eine Rolle spielte! In meinen Augen stand einer Beziehung zwischen Tinka und Thomas nichts mehr im Wege. Na bitte, warum nicht gleich so!

Als wir das Krankenzimmer betraten, hatte Tinka zu unserer Überraschung Besuch. Ein Typ, der uns den Rücken zukehrte, saß auf ihrer Bettkante. Erst dachte ich, es wäre einer ihrer Brüder, aber dann ließ mich der rotblonde Lockenkopf stutzen. – Johannes?!

»Äh, wie, wie kommst du denn hierher, Johannes?«, fragte ich ziemlich perplex und wohl nicht gerade freundlich, denn wenn ich einen Typen hier erwartet hätte, dann wäre es Thomas gewesen. Andererseits hatte ja er Tinka aus dem Wasser gerettet …

Johannes drehte sich um und lachte. »Mein Vater ist Chef der Unfallklinik. Klar, dass er mir sagen konnte, wo ich diesen …«, er grinste schelmisch, »… speziellen Notfall finde.«

»Stören wir?«, fragte Lise aus einem mir unerfindlichen Grund.

Tinka und Johannes schüttelten gleichzeitig den Kopf.

»Nein, kommt nur rein«, sagte Tinka mit etwas kratziger Stimme. Offenbar hatte sie doch einiges an Rheinwasser geschluckt.

Wir stellten unsere Blumen und Süßigkeiten auf Tinkas Nachttisch.

»Und?«, fragte Lise, um die etwas steife Atmosphäre aufzulockern. »Stimmt es, dass das Wasser im Rhein goldener Wein ist?«

Tinka lächelte leicht. »Kann ich irgendwie nicht finden. Aber vielleicht fehlt es mir ja an Weinkennerschaft.«

Lise kramte in ihrem Rucksack herum, dann holte sie Tinkas neue Brille heraus. Sie war fast unversehrt. »Die soll ich dir von Thomas geben. Er hat sie aus dem Rhein gerettet. Äh, ja, bei dir hat es ja nicht so ganz geklappt.« Sie grinste anzüglich in Johannes' Richtung.

Wieso stierte Tinka ihn eigentlich die ganze Zeit so an.

»Ähm, ja, schade«, sagte ich, »dass nun auch der Abschlussball noch ins, äh, Wasser fällt ...«

Meine Güte, was stotterte ich mir denn hier bloß ab? Wieso machte mich denn die Anwesenheit von Johannes so verlegen? Ich sah mich um und stellte fest, dass Tinka in einem Einzelzimmer lag. Hm, das konnten sich ihre Eltern doch bestimmt nicht leisten. Ob da der Papa von Johannes ein wenig dran gedreht hatte? Bestimmt. Ein Mädchen, das sein Sohn gerade aus dem Rhein gezogen hatte, das behandelte er bestimmt ein wenig bevorzugt.

Ich schielte zu Johannes rüber. Wieso hielt der eigentlich schon die ganze Zeit Tinkas Hand?

Tinka nahm mit der anderen Hand die Brille und sagte in einem leicht entschuldigend klingenden Tonfall: »Du, Leo, ich, äh, habe ja schon mitgekriegt, dass du dir alle Mühe gegeben hast, mich mit Thomas zusammenzubringen. Ähm, es tut mir echt leid, dass ich dich nun enttäuschen muss ... aber ich ... ich habe mich in Johannes verliebt ...«

Halt! Stopp! Hatte ich einen Hörsturz? Ich starrte

Tinka noch ziemlich belämmert an, als ich Johannes sagen hörte: »Und ich habe mich in Tinka verliebt.«

Wie bitte? Das gab es ja gar nicht! Nun, wo Thomas sich endlich mal klar erklärt hatte, konnten die doch nicht einfach machen, was sie wollten!? Wo war denn da die Dankbarkeit?

Dankbarkeit? Etwa für deine Kuppelversuche? Die Stimme der Vernunft, die so lange verstummt war, schien sich köstlich zu amüsieren. *Habe ich dir nicht gleich gesagt, dass du mit Thomas und Tinka auf dem Holzweg bist? Aber auf mich wolltest du ja nicht hören!*

Himmel! Diese Besserwisserei fehlte mir ja gerade noch nach diesem Schock. Wo warst du eigentlich die ganze Zeit?, begehrte ich zu wissen. Warst du beleidigt? Zumindest am Rhein hättest du dich ja mal warnend melden können!

Warum? Du hast ja sowieso alle meine anderen Ratschläge ignoriert und im Übrigen: Erfahrungen muss man selber machen, sonst lernt man nix!

Na danke! Ich schaute Lise fragend an. Die war doch bestimmt total sauer.

Aber wie es aussah, schien ihr die neue Entwicklung der Dinge gar nicht so unlieb zu sein. Jedenfalls fragte sie total neugierig, wann und wo denn alles angefangen hatte zwischen Tinka und Johannes.

Es stellte sich heraus, dass für Tinka vieles plötzlich ganz anders gelaufen war, seit Johannes in die Redaktion der Schulclubzeitung eingetreten war.

»Johannes hat mir zugehört, er fand meine Ideen gut und wir, wir konnten die Dinge wirklich ausdiskutieren, ohne uns dabei persönlich anzugreifen. Mit, äh, Thomas ging das ja gar nicht … Wir entdeckten so, so viele Gemeinsamkeiten, alles war so, so einfach mit ihm …« Tinkas Stimme versagte. Sie starrte Johannes mit einer so unheimlichen Zärtlichkeit an, dass mir ganz warm ums Herz wurde.

Johannes griff nun den Gesprächsfaden auf. »Wir hatten sofort einen Draht zueinander. Tinka ist ja so klug und geistreich. Wie sie da aus ihrer Misswahlrede eine derart mutige Performance gemacht hat, das hat mich einfach umgehauen.« Er streichelte weiter ihre Hand, die heute bestimmt nicht feuchtkalt war, und seufzte glücklich. »Allerdings dachte ich nach dem Walzer mit Thomas, dass sie sich doch für ihn entscheiden würde. Aber als er so gar nichts tat, als Doreen Tinka beleidigte und Tinka dann auch noch bei dem Gerangel mit Doreens zickigen Freundinnen in den Rhein fiel, da dachte ich, jetzt oder nie!« Er sah mich mit einem kleinen Grinsen in den Mundwinkeln an. »Und dann schubst du Thomas in den Rhein, damit er Tinka rettet! Das war gar nicht nett. Aber Gott sei Dank hat er sich ja nicht gerade geschickt angestellt, sodass ich doch noch meine Chance bekam.«

Er sah Tinka sehr, sehr verliebt an und ich musste zugeben, dass die beiden wirklich wie Deckel und Topf zueinanderpassten. Wie schön, dass das Schicksal dann doch noch die Richtigen füreinander bestimmt hatte. Ich schämte mich direkt ein bisschen, weil ich ihm so wenig vertraut hatte und ihm mehr als einmal reichlich ungeschickt ins Handwerk gepfuscht hatte.

Das ist zwar eine späte Erkenntnis, meinte meine innere Stimme, *aber besser spät als gar nicht! Lass es also in Zukunft!*

Ja, ja, ja!!! Ist ja gut! Auch eine Leonie Pibusch ist lernfähig!

Eins wollte ich nun aber genauer wissen. »Hat denn eigentlich Doreen Tinka geschubst oder war es wirklich ein Unfall?«

Johannes und Tinka sahen sich an. Was immer die Wahrheit war, die beiden schienen sich auf eine *offizielle* Version geeinigt zu haben.

»Ich möchte keinen weiteren Ärger«, sagte Tinka also. »Es ging alles sehr schnell. Ich glaube nicht, dass Doreen mich absichtlich gestoßen hat. Es ist ja zum Glück und mit Johannes' Hilfe alles gut gegangen. Sie wird sich entschuldigen und hoffentlich in Zukunft vorsichtiger mit ihren Anschuldigungen und Schubsern sein.«

»Das möchte ich ihr jedenfalls raten«, ergänzte Johannes und es klang so, als würde Doreen keine zweite Chance bekommen, wenn sie Tinka noch einmal zu nahe trat.

Tinka wandte sich jetzt Lise zu: »Richte Thomas aus, dass ich ihm für seinen Rettungsversuch und, ähm, für die Brille danke.«

Lise nickte und da nun im Grunde alles gesagt war, verabschiedeten wir uns mit guten Genesungswünschen.

Johannes schien auf Tinkas Bett allerdings festgewachsen zu sein, denn er machte nicht die mindesten Anstalten, sich davon zu erheben.

Lise war das alles irgendwie zu schnell gegangen und so wollte sie es beim Verlassen des Krankenzimmers doch noch mal genau wissen. »Und, äh, seid ihr denn jetzt zusammen?«, fragte sie ohne Vorwarnung und ich hätte ihr glatt wegen der mangelnden Sensibilität in den Hintern treten können.

Das ging doch nicht, so mit der Tür ins Haus zu fallen und dann noch in einer Herzensangelegenheit!

Die beiden kriegten natürlich sofort einen roten Flush.

Schließlich räusperte Johannes sich. Er sah Tinka tief in die leuchtenden Kalbsaugen und fragte: »Ähm, ja, das würde mich auch sehr interessieren. Sind wir jetzt eigentlich zusammen?«

Tinkas Augenlider begannen zu flattern, aber dann riss sie erst sich zusammen und dann die Augen wieder weit auf. Sie stierte Johannes förmlich an und sah aus, als hätte sie total die Panik.

Aber da hatte ich ihren Gesichtsausdruck wohl völlig falsch gedeutet. Sie verzog nämlich jetzt den Mund zu einem Lächeln und sagte mit fester Stimme: »Also, wenn du nichts dagegen hast, ich würde sagen: ja.«

Sekunden später lagen die beiden sich küssend in den Armen und wir zogen leise die Tür zum Krankenzimmer hinter uns zu.

»Das Schicksal geht seltsame Wege«, sagte Lise und wieherte leise und zufrieden in sich hinein. »Wer hätte gedacht, dass Johannes und Tinka so ein perfektes Paar sind?! Ich hatte mich ja schon fast mit dem Gedanken abgefunden, dass Thomas und Tinka doch noch zusammenkommen, aber eigentlich ist Thomas nach der Enttäuschung mit dir wohl doch noch nicht reif für eine neue Beziehung.«

Hm, war er überhaupt reif für eine Beziehung?

Angesichts des eben erlebten Liebesglücks fand ich, dass ein Junge, der sich von einer wie Doreen abknutschen ließ, Tinka wirklich nicht verdient hatte. Und so ersetzte ich in Gedanken in meinem Baumrindenherz das T für Thomas durch ein J für Johannes.

Tinka und Johannes. Passte schon!

Minte-König, Bianka:
Liebe … total verrückt
ISBN 978 3 522 50123 1

Reihen- und Einbandgestaltung: Birgit Schössow
Innentypografie: Marlis Killermann
Schrift: Sabon, Twizot
Satz: KCS GmbH, Buchholz/Hamburg
Reproduktion: Medienfabrik, Stuttgart
Druck und Bindung: Friedrich Pustet, Regensburg

5 4 3 2 1° 09 10 11 12

www.thienemann.de
www.frechemaedchen.de
www.biankaminte-koenig.de

Freche Mädchen – freche Bücher!

von Bianka Minte-König

Leonie sucht das Glück

1 – Liebe ... ganz schön peinlich
224 Seiten · ISBN 978 3 522 50030 2

3 – Liebe ... voll chaotisch
224 Seiten · ISBN 978 3 522 50103 3

Hanna, Mila und Kati im Liebesstress

1 – Handy-Liebe
192 Seiten · ISBN 978 3 522 50102 6

2 – Hexentricks & Liebeszauber
192 Seiten · ISBN 978 3 522 50116 3

3 – Liebesquiz & Pferdekuss
208 Seiten · ISBN 978 3 522 50036 4

4 – Liebestrank & Schokokuss
208 Seiten · ISBN 978 3 522 50058 6

5 – Superstars & Liebesstress
208 Seiten · ISBN 978 3 522 50051 7

6 – Liebestest & Musenkuss
192 Seiten · ISBN 978 3 522 50038 8

7 – Liebeslied & Schulfestküsse
192 Seiten · ISBN 978 3 522 50034 0

8 – SMS & Liebesstress
192 Seiten · ISBN 978 3 522 50035 7

Freche Mädchen – freches Englisch!

1 – Mobile Phone Love
208 Seiten · ISBN 978 3 522 17687 3

THIENEMANN

www.thienemann.de
www.frechemaedchen.de